死ぬほど好き

林真理子

集英社

死ぬほど好き　目次

装丁　緒方修一
装画　樋上公実子

死ぬほど好き

果実

昨夜、近くのカラオケスナックで、修一たちはひと騒ぎ起こしたらしい。パトカーも来る騒ぎであったのだが、やってきたのが巡査の沢地さんだったのが幸いだった。

「お前たち、いいかげんにしろ」

と怒鳴られただけで済んだという。このことを由希に教えてくれたＪＡの松本さんは、

「由希ちゃん、もう今からちゃんと見張ってた方がいいんじゃないのか」

と最後ににやりと笑ったものだ。

修一と由希が婚約していて、秋には挙式することを、この町のほとんどの人は知っている。松本さんも二人の披露宴に出席するはずだ。だから今の言葉はすべて好意と解釈しなければならず、由希は曖昧に笑うことにした。

修一と結婚の約束をしてからというもの、彼の行動を多くの人たちが報告してくれるこ

とに由希は閉口している。隣町のフィリピンパブで見かけた、朝からパチンコ屋にいたから注意した、などと人々は由希に告げるのだ。そして必ずといっていいほどこう締めくくる。

「今からちゃんと手綱を締めんといけんよ」

それは二十四歳と二十三歳のカップルを案じているのだろう。少し前までなら、この町では普通であった結婚年齢であるが、三十過ぎの男女がひどく目につくようになったこの頃では、修一と由希の二人は自然と注目の的になる。由希の側の親族の弁によると、修一はとても得をしたことになるらしい。

「農家の長男へ来てくれる娘なんか、この頃はめったにいないからな。もうちょっと山の方へ行ってみろ。四十過ぎの男がごろごろしているからな」

二十代前半で、すんなり結婚出来ることは、もはや僥倖《ぎょうこう》といってもよいのだ。しかし、いくら若い二人でも、ここに来るまでにはさまざまなドラマがあった。本当のことを言えば、こんな風に結婚まで進んでいくことに、いちばん驚いているのは由希かもしれない。

今年の春、いつものようにちょっとしたことから大喧嘩になった。これは案外長びいて、半月近くもお互いに連絡を取り合わなかったものだ。やっと電話が繋がった時、由希は半分自暴自棄な気分でこう言ったのである。

「もう六年もつき合ってるんだもの。お互いに嫌なところ、さんざん見せ合ってるのよね。

こうなったら別れるか、結婚するかのどちらかしかないよね」

　この時、間髪を入れずという感じで、修一は、

「それなら結婚するか」

　とあっさり言ったのだ。由希は一瞬聞き違えたのかと思った。彼女の心づもりとしては、修一が別離を宣告したらそれはそれでいい、もしかするとこれを機に、別の人生が開かれるかもしれないと、世話好きの伯母がこのあいだ持ってきた、市議の長男との縁談をちらっと頭に浮かべたりしたぐらいだ。

「それって、結婚するっていうこと」

　ひどく間の抜けた返事をしたら、受話器の向こうから苛立った声が返ってきた。

「だって仕方ねえだろ、今さらお前と別れるわけにもいかないしよ。結婚するしか仕方ないだろ」

　ようやく落ち着きを取り戻すと、由希は猛烈に腹が立ってきた。初めてのプロポーズが電話でなされ、しかも「仕方ない」という言葉を連発されたことへの怒りである。

「仕方ないんなら、別に結婚することないでしょう」

　と叫んで、乱暴に電話を切ってしまったほどだ。気の毒な修一は、どうして怒られたのか全くわからず、その後すぐ自慢のスバルツーリングワゴンに乗って、由希の家へやってきた。いつものとおり裏山の用水路の傍に車を停め、あれこれ機嫌をとるうちに、由希は

しくしく泣き出し、修一は、

「オレにはお前しかいないの、わかってるだろ」

と抱き締め、やっと求婚らしい雰囲気になってきたのだ。二人はその後、車の中で上半身の服は身につけたまま慌《あわただ》しくセックスをした。時間があると町はずれのモーテルへ行くこともあるが、修一も由希も車の中でする行為が決して嫌いではない。高校生だった二人が、初めて性交したのも、車の中であった。

新宿から急行で一時間半のこの町は、東京への中途半端な近さがかえってわざわいして、慢性的な後継者不足だ。だから将来家に入るという息子に、親は二つの褒美をすぐさま用意する。そのひとつは車で、おかげでこのあたりの高校生は、免許が取れるとすぐに車内での行為を経験する。そしてもうひとつ親が用意してくれるものは、四年間の楽しい大学生活だ。この町の大学進学率は非常に高く、その学校の多くが、無名で偏差値が低いことが特徴である。修一にしても、ほとんど受験勉強をせずに、八王子のある三流大学へ進学した。八王子なら、十分に家から通学出来るのであるが、そんな野暮はしない、というのが親と子の一致した意見であった。修一は山を切り開いた地帯にある、新築のアパートを借りた。当時高校生だった由希は、何度か遊びに行ったものであるが、その都度、マニキュア用のヤスリやヘアピンを発見した。入学するやいなや、修一は同級生とつき合い始めていたらしい。当然、由希は失恋する運命であったのだが、なんとはなしに元の関係に戻ってしまったのは、その同級生の女が、同じ八王子にあってももっと聞こえのいい大学の学生に乗り換えたのと、地元の短大の保育科に進んだ由希が、急に美しくなったからである。

一年先に卒業した修一と同じように、由希もたいして成績がよくなかった。高校はそこそこの進学校であったから、箸にも棒にもかからない生徒のためのクラスに入れられていたほどだ。しかし、このレベルの生徒でも、東京の大学へ進む者はいくらでもいる。親たちはたいてい高卒であったから、息子や娘を大学へやることに知識もなく、言うがままになっていたからだ。由希も都心にある共学を希望したのだが、その頃元気だった父親に大反対された。女が大学へ進むことはないという、今どき珍しい考えの持ち主だったからだ。由希の二つ違いの姉も商業高校だけだったから、短大へ進めただけでも幸運と思わなくてはいけなかったかもしれない。

短大は、県立女子大へ進むほどの成績ではないが、高卒で終わるのもまっぴらという女の子たちが集まっていた。三十年前は裁縫学校だったのであるが、そのコンプレックスからか、みな服装に気を遣う。案外おしゃれで綺麗な子がいるというのが地元の評判だ。もうひとつあるエスカレーター式のカトリック系の短大は、偏差値が高くなった分だけ、女の子の器量が落ちたのだそうだ。

とにかくこの短大に通う間に、由希は化粧がうまくなり、ダイエットの成功率もぐっと高くなった。高校時代、自分の意志ではどうにもならなかったぜい肉が、ちょっと工夫すればすぐ減ることを知ったのだ。しゃれた下着とマニキュアを常時身につける頃には、近くの国立大生をたぶらかすコツも覚えた。そのうちの一人とは、かなり親密な仲になりつつあったのであるが、突然修一が割り込んできた。彼がちょうど例の同級生にふられたばかりで、時間もたっぷりあった頃だ。心変わりしそうな恋人を案じて、毎日真夜中の中央高速を車で飛ばしてきたりと、かなり劇的な展開があった後で、二人はまた仲のいい恋人に戻ったのである。

　が、もちろん、その後もひと波乱、ふた波乱あった。大学を卒業した修一は、親との約束どおり、しぶしぶとこの町に帰ってきて、国道沿いの自動車販売会社に勤めたのであるが、そこでも女性関係をつくった。

　昔から修一は、どこか女を魅きつけるところがある。高校時代、修一はバドミントン部に所属していたのであるが、もとより地味なスポーツのうえに、彼はこれといって活躍していたわけでもない。それなのに、彼の姿をちらりと見ようと、体育館の入り口によく女生徒が立っていたものだ。こぢんまりと整った顔と、百八十一センチという長身とが、感じよく調和している。よく見ると多少間延びしている顔であるが、それが女にとっては与《くみ》しやすいやさしさに見えるのだろう。地味なバドミントン部にいながら、野球やサッカーのスター選手と同じぐらい、バレンタインのチョコレートを貰っていたのだ。

いわば学校の有名人である修一から、人を介して「つき合ってくれ」と言われた時、由希は確かに少女らしい誇らしさで胸がいっぱいになったものだ。修一の話によると、由希が入学してきた時から目をつけていたという。修一は大ファンだというアイドルの名前を挙げ、由希とそのタレントとがよく似ているとさえ言った。そんなことを一度も人から言われたことのない由希は、嬉しさと恥ずかしさでうつむいたものだ。

あれから六年たち、そのアイドル歌手はドラマに転向して、そこそこの成功を収めている。だからテレビでしょっちゅう顔を見るのであるが、由希に似ているとはやはり誰も指摘しない。この頃になって由希は、あの言葉はたぶん修一の策略だったと思うことがある。が、いずれにしても、あの言葉からすべてが始まり、四ヶ月後二人は式を挙げるのだ。修一の家では既に改築が始まっている。かつて隠居部屋だったところを拡げて、新婚夫婦が暮らすスペースをつくったのだ。

このあたりの農家でも嫁に気を遣って、近くにアパートを借りてやるか、そうでなかったら庭に別棟を建てる。由希もそうしてもらいたかったのであるが、双方の親が話し合った結果、二間と専用のトイレをつけ加えることで妥協した。

「どうせすぐ孫が生まれるんだから、そうなったらおばあちゃんの手を借りるようになるよ。だから別棟はやめて、つながっている家の方がいいよ」

と由希の母親は言うのだった。それには修一の家族に対する思惑がある。修一の父は五十を越えたばかり、母親にいたっては四十七歳という若さだ。こうした年齢の義父母は、へたに嫁意識を持つことなく、うまく利用した方がいいと由希の母親は言っているのだ。

確かに修一の両親は甘いところがある。由希は高校時代から二人を知っているが、どちらかでも荒い声をたてたところを見たことがない。あの頃息子とその恋人との幼い性の真似ごとも、見て見ないふりをしてくれていた。

そして修一は、こうした両親の優しさにかなり増長しているところがある。家に戻ってきてから、昔の同級生たちと毎晩のように派手に遊びまわり、釣りやゴルフといったお定まりの「地元の趣味」も早々と覚えた。毎夜毎夜、近くのスナックやパブを飲み歩いている。この町の男たちは酒癖が悪いとされているが、修一もその習慣に染まったようだ。おそらく照れや仲間に対する虚勢というものがあるのであろうが、結婚が決まってからというもの、特に酒量が増えたようなのである。

松本さんのように忠告してくれる人がいるが、由希は半ば諦めているところがある。二年前にガンで死んだ自分の父親がそうだったように、男というのは、まず表を向いているものなのだ。女房や子どもにやさしくする前に、地域の男たちと酒を飲み、川釣りに出掛けてしまう。この町がどれほど都会化されていこうと、こうした姿勢がすぐに崩れるはずはなかった。

由希はいつしか母親そっくりの口調となって、松本さんに言う。

「もう、男衆《おとこし》のやっていることは、私にはよくわからんから」

「男衆《おとこし》」という言葉も、なぜかこのあたりに続いていて、若者も口にする、決して滅びることのない言葉のひとつだ。


松本さんは肥料の契約のことで家に寄ったのであるが、そのついでに、今年も誰かアルバイトに来てくれないかと口にした。もうじき桃の早生《わせ》が出てくるのであるが、その箱詰めや出荷のために、共選場には多くの人手が必要とされる。時給八百三十円というのは、このあたりではかなり高額なものであるため、帰省中の大学生がやってくるのであるが、

「あいつらは役に立たん」

と松本さんは顔をしかめた。

「白桃が出てくる肝心な時に、みんな休みたがる。もらった金を手にして、さっさと遊びに行きたがるからな」

各家から一人ずつアルバイトに来てくれないかと頼んでいるのであるが、桃の出荷時期はどこも忙しい。だから桃のもぎ取りが終わった午後からでも、何時間か来てくれないだろうかと松本さんは言うのだ。

となると、由希が駆り出されることになる。由希の家はもともと兼業農家で、果樹園の面積も少ない。八年前に姉の佐知が婿を貰ったのであるが、その相手はＪＲ職員であった

から、今のところは母が一人で細々と桃と野菜をつくっている程度だ。

由希は短大を出て、しばらく幼稚園に勤めていた。ところが、やっと仕事に慣れた頃に父親が発病した。その看病や家事のために仕事をやめ、父親が亡くなった後も家にいる。結婚が決まってからというものは、もう仕事に復帰するきっかけも失くしてしまった。

とはいうものの、こうした家つき娘という境遇も、慣れてしまうと大層気楽で心地よいものであった。

熱烈な同級生恋愛の末、婿に入った義兄は気のよい明るい男だ。時々は姉と三人で飲みに行くこともある。由希は気が向いた時は畑に出ることもあるが、たいていは家の中で、育児に追われる姉の代わりに食事の用意や洗たくをする。何かと口やかましかった父が死んだ後は、女三人が中心の極めて安易で穏やかな生活が続いている。

結婚準備で確かに忙しいが、それでも古いつき合いだから、お互いの懐具合も知っている。馬鹿馬鹿しい嫁入り道具などはとっくに過去の習慣となり、現金を持っていって生活が落ち着いてから二人で選ぶということに決まった。結婚前だからといって、準備にそう忙しいこともない。由希は最近、サスペンス映画に凝っていて、レンタルビデオ屋からよく借りてくる。おかげで夏が近づくにつれ、すっかり寝坊の癖がついてしまった。

「もうじき嫁に行く娘が、九時に起きるなんて」

と母親が本気で叱る。共選場のアルバイトに行くようになれば、また規則正しい生活が戻るかもしれない。由希は農協に電話をかけ、〝山サ〟という家の屋号を告げた。この屋号は、農家だったらどこも持っていて、箱やトラックにつける。地区ごとの連絡網も、この屋号で行なわれるようになっているのだ。由希は子どもの頃、「醬油屋」といってよくからかわれたものである。

「明日から、〝山サ〟からひとり出ますからね、ええ、朝の八時には行くから」

傍で母親が、どういう風の吹きまわしかと目を丸くしている。

「もう寝坊するのも飽きた」

由希はぺろりと舌を出したが、それが本音だった。

次の日、由希はTシャツにジーンズという服装で、首にタオルをしっかりと巻きつけた。桃の実は、細かいうぶ毛でびっしりと覆われている。これが体につこうものなら、痒くてたまらない。とっさにかこうとして、うぶ毛に触れた手で首筋に触れたりすると、もう大変なことになる。シャワーでも浴びない限り、悶え苦しむことになる。手や腕はこまめに水道の水で洗い流せばよいが、こうした首筋は、しっかりとタオルで封をしなければならなかった。

母親が弁当の包みを差し出す。

「共選場の近くには、コンビニがないからね」

おそらく姪の弁当をつくるついでに用意したのだろう。布の間からは、卵焼きと佃煮とが入り混じったにおいがした。終業式までまだ間があるという姪を途中の小学校で降ろしてくれと佐知がねだる。

「だめだよ。今日久しぶりにお仕事に行くんだから」

実の姉でなかったら、随分毒のある言葉に聞こえただろうと、由希は愛車のアルトを発進させながら苦笑いした。が、何も気にすることはない。

「うちの娘たちは、揃いも揃って苦労なしで」

母親がよく嘆くように、姉の佐知は由希よりもぼんやりしたところがある。何の悪意もなく、無神経な言葉を時々漏らすのだ。

が、こうした朝の風景を見るのは確かに久しぶりだ。県道の両脇の桃の木は、早朝たっぷりとたまった露のせいで、緑がひときわ濃い。そこに、まだ楚々とした朝の光があたると、緑はいっそう力強く輝やく。共選場の方向からは、出荷を終えたトラックが帰ってくる。たいていは知り合いだから、由希は軽く頭を下げたり、手を振ったりする。散歩中の、ショッピングカートを押した老人が、脇の農道からよろよろと出てきて、由希は一瞬ひやりとした。

共選場の前には、もう何台もの車が停まっている。軽トラックではなく、乗用車が多いところを見ると、出荷のためではなく、アルバイトにやってきた人たちの車だろう。駐車場の奥の方にはミニバスが見える。これはおそらく、団地の方で募集したサラリーマンの主婦が、グループでやってきたに違いない。

由希はさっそく二階にある事務所へ行き、タイムカードを受け取った。

「悪いね、もうじきお嫁に行く人に、バイトなんかして貰っちゃって」

揶揄《やゆ》混じりの声があちこちから飛んだ。この共選場で働いている高木という男は、姉たちの同級生である。薄気味悪いほど肥満した体に、やはり屋号を染め抜いた前掛けをしている。東京の大学を卒業した後、どこかに勤めていたのであるが、体を壊してこの町に帰ってきたという男だ。しかし、あの体格から病気のわけもなく、精神がどこかタガがはずれてしまったのではないかというのが世間の噂だ。何か強いことを言われた時、目にいっぱい涙をため、体をくねらせたのを見た人がいるという。

「あのね、森山さんは箱詰めをやってくれる?」

本当にこの男はか細い声を出す。由希の顔を見ないようにしながら、階段を下りていった。共選場は小型の体育館のかたちをしている。二階の事務所はさしずめ指令室で、ベルトコンベアの流れを見ながら、マイクで指示を出すこともある。

重さによって、L、M、Sと分けられた桃は、さらにベルトコンベアに乗って、傷み具合をチェックされる。東京の人々というのは、ほんのわずかな茶色の染点《しみ》も許さない。それを見つけると、きず物をつかまされたと怒り出すのだ。だから出荷する桃は、熟しきるには早い、尻の方がまだ白い桃を木からもぎ取る。汁がぽたぽた落ちるような熟しきった桃は、この暑い最中、二日間の旅が出来ないのだ。出来たとしても、尻に茶色のアザをつくってしまい、不良品とされる。完全に熟した桃の証である、その茶色を都会の人は好まない。だからあいつらは、本当に旨い桃など食ったことがないのさ、と農家の者たちは半分口惜しそうに半分楽し気につぶやくのだ。

ベルトコンベアの前には、既に中年の女が四人立って、箱詰め作業をしている。箱に敷かれたビニール製の緑色のへこみに、桃はすっぽりと入るようになっているのだ。ちょうどここはLサイズの桃が流れてくる場所だ。大きな桃というのは、あまりにも完璧な色とかたちをしているために、つくりものめいて見える。その桃もそうであった。由希の家の畑では、人手がないために、消毒や袋かけをなおざりにしている。だから小型の二級品しか出来ない。これほど見事な大きな桃をつくるためには、花の頃からどれほど緻密に剪定《せんてい》をしたことだろう。上の割れ目の方にいくにしたがって、薄紅色は濃くなり、青白い他の部分とは対照的だ。由希は、子どもの頃、父親が買ってきてくれた貯金箱を思い出した。桃の割れ目からお金を入れる仕組みだ。が、子ども心にも、あの貯金箱は大切に扱わねばと思った記憶がある。幼い頃から、桃はそおっとそおっと持つものだと知っていたからだろう。割れ目のやわらかいところには触れずに、指をうまく使って持ち上げる。この時、跡がつくほど強く持つと、桃はもう売り物にならない。そうかといって、あまり力を入れずに持つと、落とすこともある。

「全く桃を扱うのは大変だ。だから東京の果物屋に並べられる時は、とんでもない値段になっちまうんだ」

亡くなった父親がそんなことを言ったことがある。由希はベルトコンベアに流れてくる桃を手に持った。一瞬、由希の指を拒否するようにうぶ毛が逆立つ。肉眼では見えづらいほどの白く細い毛なのに、その密集は頑固である。由希はうぶ毛の感触を味わいながら、桃をへこみの中に置いた。こうして緑の穴の中にすべて納めると、桃はいっそう見事である。これほど綺麗で美しい果物はおそらく他にないだろう。蜜柑のかたちは愛らしいが、気品があるというものではない。メロンは桐の箱に入っているからこそ見られるが、あの色と網目はそう美しくはない。バナナとなると滑稽なだけだし、マスカットは美しいことは美しいが色気というものがない。そこへいくと、桃はすべてのものが備わっているのだ。

よくまわりの者たちは、桃は手間がかかる割には儲けが少ないとこぼす。けれどもそれでもやはり、木を切ることなく育て続けるのは、この果実に魅入られているからだ。高い木に、剪定したとおりの距離を保って、紅色の実が生る。桃は手にとっても美しいが、木に実っている時も美しい。葉の間から重たげに揺れているさまは、見惚《みと》れるほどなまめかしいものだ。よく女の尻に例えられる桃であるが、こうして畑で見るとそういう卑猥さはまるでない。この木にだけ特別の光があたり、神が特別の美をつくったという敬虔な思いにさせられると、この季節、土地っ子の由希さえあたりを見渡す。もしかすると、アダムとイブが手にした、エデンの園の果実は、林檎ではなく桃だったのではないだろうか。

この果実を詰めた箱は軽く蓋を閉め、積み重ねていく。するとある程度溜まったところで、箱は梱包にまわされる。何箇所か大きなホッチキスで留められ、トラックが来るのを待つのだ。これは若い男性アルバイトが受け持つ。彼らがぐずぐずしようものなら、ダンボールの箱は高くなり、アルバイトの主婦たちは、

「ちょっとォ、こんなことをやってると桃が腐っちまうよ」

と怒鳴りつけるのだ。

ベルトコンベアに乗って流れてくる桃が急に少なくなった。早生は文字どおりハシリのものだから、まだ粒が小さい。Ｌサイズの桃を箱詰めする側は、手持ち無沙汰になる。おそらく高木は、顔見知りの由希を暇な部署に置いてくれたに違いない。

「あんた、森山の由希ちゃんだよね」

隣りに立っていた中年の女が、狎れ狎れしく話しかけてきた。

「私しゃ、あんたと中学で一緒のクラスだった山本久美子の母親だよ」

これといって特徴がないぼんやりとした少女の顔を思い出した。が、彼女とよく似た母親は、年を経た分だけ陽気なはしっこさがある。

「あ、そうですか。久美ちゃん、元気ですか」

「あんたさあ、それがもうコレでさあ」

母親は腹を前にせり出し、右手で円を描く。

「おととし横浜へ嫁に行ったんだけど、いま妊娠八ヶ月なのよ」

もう母親となった同級生は何人かいるが、こうした話を直接浴びせられると由希は照れてしまう。無器量と言えるほど平凡な顔立ちの女が妊《はら》んだ事実は、何だか息苦しい。

その時、上の方から訛りの強い女の声が降ってきた。

「Lの方の人たち、急いでMの方へ行ってよォ。もう、こぼれそうなんだから」

なるほど今までLサイズに流れていた桃の分だけ、すべてMサイズの方のベルトコンベアにのっているのだ。五人の女たちが慌しく手を動かしているが、それでも桃の流れの方が早い。端までいってこぼれ落ちそうになるのを、あわてて受け止める者もいる。

その女も由希も、Mサイズのベルトコンベアに走った。必死で手を動かす。背が高い由希は、前かがみにならなければならない。ひととおり桃が流れた後は、腰に奇妙な痛みが走ったほどだ。

十二時を知らせるチャイムが鳴った時は、しんから嬉しかった。日頃の運動不足がたたって、同じポーズをとるのはかなりつらい。首にかけたタオルで、額と目の汗を拭いた。

「由希さんは、お昼どうするの」

「私、お弁当を持ってきましたから」

「あ、そう。私は事務所に頼んで、仕出し弁当を配達してもらってるんだわ。四百五十円でかなりいいもんが来るよ。もうお父ちゃんと二人の生活だからね、何かつくってくるのもめんどうくさくって……」

女は相当に話し好きらしい。裏にプレハブの休憩室があるのだが、この女のお喋りを聞きながら箸を動かすのは、どうも気が進まなかった。娘の結婚や妊娠にまつわる話をたっぷりと聞かされるはずだ。

「あの、私はここで食べますから」

由希は、運転を停めたベルトコンベアの下を指さした。あたりを見渡すと、まだ畳んだままのダンボールを尻に敷いて、弁当を拡げ始めた女たちがいる。狭いプレハブの部屋よりも、こちらの方がはるかに気持ちがいい。大きく開け放したシャッターからは、桃畑の緑が見える。コンベアの音がやんだとたん、あたりの甘いかおりは一層強くなった。共選場の片隅には、出荷出来なかった桃が捨てられている。熟れ過ぎた桃は、二時間もたつと茶色の傷が大きくなり強い芳香を放つのだ。これに包まれながら、弁当をつかうのも悪くない。由希は少々薄汚れたダンボールを確保し、いちばん風通しのよさそうなクレーンの陰に敷いた。

弁当を開く前に、さっき高木から教えられたとおり麦茶を取りに二階の事務所へ行く。給水機から好きなように飲んでくれと言われていたからだ。コップを手に二人ほどが並んでいる。由希は見るともなく、目の前に立った男のジーンズの尻を眺めた。リーバイスという文字が読める。新品というほどではないが、まだそれほど洗ってもいない、といった感じの藍だ。男の尻は案外ほっそりとしていて、きゅっと上にあがっている。その横にやはりまだ肉がついていない陽に灼けた肘があった。

男が急に振り向く、由希は赤くなった。ぼんやりと見ているつもりでも、もしかすると自分は男の尻を凝視していたのかもしれない。その視線の痛みを感じて、男は振り返ったのだ。

「やあ……」

ところが男は由希を見て微笑んだ。小粒の歯と、少しめくれ上がった上唇に記憶があるような気がするが定かではない。なにしろ夏というのは、帰省する懐かしい顔が多く、いちいち思い出せないのだ。

「森山さん、森山由希さんだよねえ」

男の語尾のはね方に、はにかむような甘さがあった。

「オレ、倉田文雄、もう忘れちゃったかもしれないけど」

「ああ、倉田君、随分久しぶりだねえ」

文雄は学年でひとつ下になる。いくら田舎の高校といっても、千人以上いるわけだから、下級生の男の子の顔や名前を把握しているわけではない。しかし文雄は中学も一緒で学校の有名人であった。入学した時から秀才として名を馳せ、二年生の時には生徒会の書記を務めていたはずだ。その頃華道部の部長をしていた由希は、予算折衝の時など何度か彼に会ったことがある。

「森山さん、今、何してるの」

最初の一瞬こそとまどった様子であったが、文雄はすぐに都会住まいの青年の誇りと余裕を取り戻したようだ。この土地の訛りもまたたくまに消えた。

「三年前まで幼稚園に勤めてたんだけど、父が亡くなってからうちにいるの」

「そうか、お父さん、亡くなったんだァ……」

文雄は深いため息を漏らしたが、生前の父と彼が会ったことはないはずだった。

「それよりも倉田君は何してるのよ」

彼はごくさりげなく一流私大の名を告げた。修一をはじめ彼の遊び仲間の青年たちが逆立ちしても入れないところである。

いま四年生だがこの就職難のご時世に、銀行の内定を貰ったと告げる頃には、彼はかなり饒舌になった。

「もしかすると、来年研修でしばらくドイツへ行くかもしれないんだ。だからあっちを見ておこうと思って、八月にヨーロッパへ卒業旅行に行くんだけど、金を親父に出して貰っちゃってさ。ちょっと親孝行しようと思って家に帰ってきたら、共選場へ行ってこいって言われて断われなくて……」

「私もそうよ。家から一人出してくれって」

麦茶を汲みに来る者がまだ続くので、二人は列から離れた。

「倉田君、お昼どうするの」

「そこらへんで、ラーメン食べようと思ってたんだけど。車で行けばすぐだよ」

「そう……」

もの足りない気分になる。決して親しい間柄ではなかったが、久しぶりに会った文雄は、由希の知らない多色遣いの世界を身につけているようだ。あの頃、痩せた神経質な風貌を持った少年が、四年の間にリーバイスのジーンズを着こなすしゃれた青年になっている。その力に、由希は結局一度も住むことがなかった東京という都会を思った。考えてみると、あの街を正確に伝えてくれる人間は、由希のまわりには誰もいないのだ。修一は大学もアパートも八王子で、彼は東京の中心部の周りをなぞっていたに過ぎない。就職することもなく、ただなぞっただけで帰ってきたのだ。しかし目の前の男は違う。東京というものを享楽出来るどうやらひと握りの人間らしい。そんな人がほんの気まぐれと骨休めのために、自分と同じ場所に立っている。そのことが不思議だった。

由希の表情から何か感じたのだろうか、文雄はふと思いついたように頷く。

「だったらオレ、パンでも買ってこようかな。森山さんと一緒にお昼を食べたいし……」

「そう、だったら私、食べないで待っているわ」

由希はそう言いながら、この男は自分が婚約していることを知っているのだろうかとふと思った。が、彼が知らなくても、別に教えてやる必要もないだろう。共選場のアルバイトは十日間と決めている。その間に彼が知ることがなければ、それはそれで別にいい。若い男と毎日昼食を共にするという機会は、おそらくこれが最初で最後になることに間違いなかったからだ。

次の日、由希は早起きをしてお握りをつくった。文雄は幾つぐらい食べるのだろうか、三個だろうか、四個だろうかと、ふと彼の体格を思いうかべ、そんな自分を少し恥じた。結局多めに見当をつけて四個、自分の分の二個、合計六個のお握りをつくり、姪の弁当のお菜を失敬してタッパーに詰めた。いちいち給水機に行くのがめんどうくさいので、ウーロン茶の缶を二本持ち、まわりをアイスノンで巻いた。まるで釣りに行く時のような準備だ。以前は修一も、時々川釣りに連れていってくれたこともあったのだが、結婚が決まってからはいっさいいない。早くも仲間に対し、女房よりも男友だちを大切にする夫、という役割を演じているのだ。そういえば、おとといも昨日も修一から電話がない。松本さんから聞いたスナックの一件をなじったところ、たちまち大喧嘩になってしまったのだ。だから他の男のために、こうして弁当をつくっていても、何ら心が咎めることはなかった。だいいち相手は年下だし、自分はといえばもうじき結婚式を挙げる女なのだ。つかの間の夏の日に、一度か二度、昼飯を一緒にとっても何の悪いことがあるだろう。

そしてその日もサイレンが鳴り、ベルトコンベアが停まったとたん、約束の場所に文雄がやってきた。

「今日は、これがあるよ」

由希は二人分の弁当をちょっと掲げてみせた。

「悪いですねえ」

文雄は急に下級生らしい殊勝な態度を見せた。笑うとそう大きくはない八重歯が覗き、五年前のまだ少年だった顔と重なる。十代の時の顔を知っているというのは、その人の秘密を握っているようなものだ。あの時の顔の顎の部分を少し削り、そして目のあたりもすっきりとさせる。髪もしゃれたカットにする。それでも文雄は今の文雄にはならない。有名大学へ通っている自信や未来への傲慢さが、他の青年たちとは違う変化を見せているようだ。

「ほら、コンパってよくするだろ」

「うん、うん」

由希は短大の時、キスまでいった国立大生のことを不意に思い出した。

「オレたちの学校って、わりと人気があるからさあ、コンパって多いわけ。このあいだはさあ、――女子大としたらさあ」

横浜にあるお嬢さま学校の名を挙げる。

「中に一人、ものすごく可愛い子がいたわけ。みんなでスゴイ、スゴイって言ってたらさ、そのコ、すぐにデビューして。ほら、深夜放送で、映画と音楽情報やるやつあるじゃないか」

由希は首を横に振った。東京にこれほど近いというのに、ケーブルに加入しなければ、すべてのテレビ局を見ることが出来ないのだ。

「ま、いいや。そいでさ、その番組に出た後、今はＴＢＳ木曜の『愛の家族』に出てんだぜ。不倫する女の妹役でさあ」

「あー、そのコ、私、見たことある。ショートカットで、目がやたら大きいコでしょう」

「そう、そう、そう。そいでさ、その後、オレたちが飲みに誘ったりしても、もう二度と来ないんだぜ。私は芸能人よーっていう顔しちゃってさ」

「嫌な女だね」

「仲間の一人に、自宅の電話番号知ってる奴がいるからさ、時々皆で悪戯電話をかけてやるんだ」

「アハハハ、おかしーい」

会話がはじけるようなテンポで始まっていく。文雄は昨年、ほんの短かい間であったが、テレビ局でアルバイトをしたことがあるらしい。その時、局の看板キャスターと直接口を利いたことがあると得意気に語った。

「すごくいい人なんだ。オレの学校の先輩だからさ、就職頑張れよ、なんて言ってくれて」

そうかと思うと、今年の春、神戸の被災地へボランティアとして行ったという話をする。

「オレたち何も出来なくてさ、最初はつらかったよなあ。それでも弁当を配ったり、毛布運んだりしたんだけどさ、帰る時はもっと何かが出来たんじゃないかって口惜しかったなあ……」

昼休みの終了を告げるサイレンが鳴った。

「そうだ」

文雄はジーンズの膝をはたきながら言う。

「今日はお弁当までつくってもらっちゃって悪かったですね。明日は空いてますか。帰りに飲みに行こうよ」

「いいわよ、もちろん」

由希もかがんだままで答えた。

「ユキかよ、お前、昨夜《ゆうべ》どうしてたんだよ」

「どうしたって別に。友だちとご飯食べて、少し飲んで、その後カラオケ行ったんだよ」

朝の七時半である。が、このあたりでは非常識と言われる早さでもない。ましてやこの電話は、由希が専ら修一のためにとりつけた専用のものなのだ。

「ふうーん、お前なあ、あんまり遊びまわるんじゃないぞ。嫁入り前の娘がみっともないぞ」

まだきちんと仲直りしているわけでもないのに、修一はそんな憎まれ口をたたく。

「ふん、あんたみたいな酒乱の遊び人に、そんなこと言われる憶えはないよ」

しばらく二人で毒づき合った後、修一はこんなことを言い出した。

「お前、山崎知ってるだろ、ほら、四組にいてさ、野球部すぐ辞めた奴」

由希もそうであるが、修一の人間関係の説明は、高校時代どこにいて何をしたかが中心になっている。

「あいつさ、旅行代理店に勤めてんだけど、すげえいい話を持ってきてさ、ほら、オレたちのハネムーン、ＪＡか何かのパックツアーにするかって話してただろ。だけど山崎が言うにはさ、四泊五日で七万円っていうのがあるんだと。ホテルも悪くなくって、七万円」

「でもそういうのって、全部フリーで添乗員もつかないっていうやつでしょう」

「添乗員なんかつかなくたっていいじゃないか。オレたち二人で、行って帰ってくればそれで済むんだから」

「そんなこと言ってもさ、修ちゃんも私も、海外旅行したことないのよ。二人とも英語は全然駄目なんだしさ。やっぱりちょっと高くても、新婚旅行はちゃんとしたパックで行きたいよ」

「ちぇっ、せっかく人がいい話を持ってきたのによ。何でも反対しやがって」

電話が荒々しく切られた。修一は昔から短気なところがあり、それは由希の母が案じている点だ。

「うちのお父さんもそうだったけど、ああいう男には苦労するよ」

普段はほとんど思い出さないそうした言葉が、不意に蘇るのはどうしてなのだろうか。もしかすると、これが雑誌に書いてあるマリッジブルーというものだろうかと、由希は何やら不安な気分になってくる。しかし今日も、文雄と出かける約束をしているのだ。昨日二人で行ったカラオケボックスでの時間があまりにも楽しく、今日もまた行こうということになっている。そしてその打ち合わせと称して、やはり昼間は一緒に弁当を食べた。

「デザートといこうか」

由希は文雄を誘って、水飲み場へと行った。ここの傍らにも木箱が置かれ、廃棄する桃が山のように積まれている。といっても、朝もいだばかりの新鮮なものだ。あと一、二時間もすればこの強い太陽の下で、ところどころ変色が始まるのであろうが、今のところは皮も十分にみずみずしく、傷んだ部分を切り取ってしまえば、箱詰めされていく桃よりもずっとうまそうだ。

「そろそろ早生《わせ》が終わって、山の方じゃ白桃が始まるよ。朝、すっごくおいしそうなやつが流れてたもんね。私は早生はあまり好きじゃないけど、白桃はやっぱり食べたいと思うね」

主婦のグループが、やはり食後に食べる桃を物色中であったが、文雄も由希も土地っ子らしく、たちまちよく熟して傷みの少ない桃を選び出した。そのうちの一個は、掌にのせても余るほどの大きさだ。肌理《きめ》細かい白に、刷毛《はけ》を走らせたように紅がのっている。

「こんな立派な桃だったら、東京へ持ってけば千円はするよね」

「今はもっとするさ」

「なのにこんな傷がついたばっかりにはねられて可哀想だね」

「そうだよな。果物なんて工場でつくるわけじゃないんだから、でこぼこや傷も出来るさ。だけど買う人は許しちゃくれないんだからな。全く百姓なんて損だよなあ。オレ、子どもの時から親父見てて本当にそう思ってた」

だけどもうあんたは百姓じゃないと由希は思う。東京で楽し気な未来が用意されているものは、もうここに戻って来ないのが昔からのならいだ。文雄はエリートと呼ばれるサラリーマンとなり、東京に家を構える。そしてたまの休みに、新車に美しい妻と子どもを乗せ、ここに遊びにやってくるのだ。そして故郷に残った同級生たちと酒を飲みながら、こんなふうに言うだろう。

「やっぱりここはいいよ。東京なんて人は多いし物価は高い。サラリーマンは給料が安くて、人にこき使われているんだからなあ」

そういって愚痴をこぼしながら、自分の手に入れた勝利の大きさを味わう十年後の文雄を、由希ははっきりと想像出来る。が、それがどうしてこれほど腹立たしいのだろうか。

水道をいっぱいに開け、白桃をじゃぶじゃぶと洗う。陽ざかりにほっておかれた果実は、内側に熱を秘めている。皮をむき、歯をたてると、熱い果汁がじゅっとこぼれ出る。それを舌ですくう。けれども溢れた汁は、由希の唇の片端から流れていく。が、それをぬぐうことはない。桃は汁をあとからあとから出す果実である。汁がたれるままに果肉を味わうのだ。その代わり、首を少しだけ前に出す。

さらに歯をたてる。種に近く、やや渋い汁が流れてくる。それを早く流れ出させてしまおうと、由希は舌で上唇を動かした。

ふと視線をとめる。文雄がじっとこちらを見つめている。放心したように、由希の果汁に溢れた口を眺めている。彼の掌には、まるで異国の仏像のように、手をつけていない果実がのっていた。やがて彼は言う。

「森山さんって、結婚するんだってな」

「うん、そうだよ」

わざと乱暴に言い、がぶりと桃の残りを齧った。汁は手首の方までいっきに流れていく。本当によく熟れた桃だ。太陽の熱によって、腐る直前までやわらかく充実していったらしい。

「今朝、お袋から聞いたんだけど、残念だよなあ。高校の時から森山さんって綺麗で、オレたちの憧れだったのになあ」

「うまいこと言ってる」

「本当だよ」

二人の視線がからみ合う。大きな二重の修一とは正反対に、切れ長の細い目は、いかにも彼の聡明さを表しているようだ。そしてこうした男を、自分はついに手に入れられなかったと、由希はせつないほど思う。自分の人生は、自分の人生は、今、はっきりとわかる。もう決められている。もう逃れられない。この果実ほどの小ささの世界しか、由希は与えられていないのだ。

その夜、カラオケの後、文雄の車はするりとモーテルへと入った。どちらかが誘ったのでもない。文雄は黙ってハンドルを切り、由希は抗議しなかっただけだ。

そして由希はベッドの上で、大きな果実となった。果汁はいくらでも溢れ出て、シーツを濡《ぬ》らした。それについて文雄は、卑猥な言葉を何度も漏らしたほどだ。

文雄は若者らしい見栄からさまざまな技を使う。由希の体中のところどころ、やわらかい肉をがりりと嚙んだり、舌で強く吸ったりする。その間も果汁は流れていく。由希は果実だから、真中に薄紅色の割れ目がある。その中に入ってくるものの感触は、修一のものとよく似ているようでもあり、全く違っているようでもあった。いずれにしても、修一のものでなくても、それは心地よく由希の果肉の中に埋まり、小さなさざ波をたてる。

「いけないことをしちゃったよな、オレたち」

裸の尻を上向きにして、男は言った。

「オレさ、就職のことで、あさってまた東京へ帰るけど、また会えないかなあ……なんて言っちゃって」

おどけた語尾に、男特有の狡さがあった。しかし彼があと二、三度の密会以上のものを望んでいるわけもないだろう。

由希はぼんやりと目を閉じ、最後に何と言って帰ろうかと考えている。

「ねえ、私を連れて逃げて。私を東京に連れていってちょうだい」

と叫んだら、文雄は何と言うだろうか。きっと怯えて答えることも出来ないだろう。由希はさらに固く目をつぶる。自分の中に新しい力が湧いてこないだろうかと確かめてみる。もう定められたものをすべて捨てて、ひとりで生きていく。そんなことが可能なのだろうか。そんな劇的なことが出来るのは、いったいどんな女なのだろうか。

あと十分もすれば自分は起き上がり、服を身につける。そして自分の家へ帰る。朝が来て、いつもと同じような一日が始まる。それを否と叫ぶ力は、本当に自分にはないのだろうか。

「さあ、ぼちぼち行こうかな」

傍で男の小さい欠伸《あくび》の音が聞こえた。

シミュレーション・ゲーム

私は二十八歳になるけれど、妻子持ちというのは初めてだった。

最近の若い女の子たちは、二十二、三の頃にそういうことを済ませて免疫をつけておくものらしいが、人間は予定どおりうまくいくものではない。知恵や経験もそれなりにつけ、無為な恋愛から卒業する年に私は田村さんにはまってしまったのである。

田村さんは二流の上といった広告代理店に勤めているサラリーマンだ。パソコン・メーカーで働く私とは展示会を通じて知り合った。晴海での大きなイベントにうちもブースを出すことになり、普段はインストラクターをしている私も駆り出されたのだ。

今まで知り合うことのなかった業界の男にちょっと興味を持ったのは本当だけれども、田村さんがこれほど図々しく口説いてくるとは予想しなかったといってもいい。

「何かさ、最初に会った時からピピッてきたんだ。オレ好みの綺麗な子だなあって」

広告代理店の男というのは遊び人の代名詞のようにされているが、彼に言わせるとそれは電通、博報堂といった大手の代理店の話で、彼の会社のような中堅どころはいたって地味だという。この不景気で、交際費を使って派手に遊ぶというのもめったにないことだそうだ。

とはいうものの、田村さんはしゃれた店を実によく知っている。新宿荒木町の鮨屋、白金台の住宅地の中にある一軒家のレストラン。そこはバーの中に個室があり、用がない限り従業員が入ってこないようになっているのだ。そこで私と田村さんとは初めてキスをした。最初はちょっとおっかなびっくりといった様子で私の髪と唇に触れてきたのだが、私が嫌がらなかったのですっかり気をよくして舌まで入れてきたのだ。

「好きだよ……由美ちゃん、本当に可愛い……」

と何度もささやき、私もちょっとうっとりとした気分になったものだ。本当のことを言えば、食事をしている最中、キスを仕掛けてきたらどうしようか、今夜のところはうまくかわしておくかなあと、私はいろいろ算段をしていたのである。田村さんはそうハンサムというわけではなく、服と眼鏡のセンスがいいのでかなり得をしているといったタイプだ。三十四歳というからまだ中年というには早い年齢だと思うのだが、それにしては髪が薄い。前の方の分け目の幅がかなり広くなっているのが、店のあかりの下でもよくわかった。田村さん自身も髪の薄さは気にしているらしく、食事の途中ワインを飲みながら、

「このあいださ、タレントの何とかに似てるって言われて本当にがっかりしちゃったよ。

あの若ハゲの奴にさあ。今日びの若い女の子って遠慮っていうものを知らないから、全く絞め殺したくなるぜ」

なんて冗談を言うのも、なんだか野暮ったいと思い、やっぱりキスは避けようと私は決めていたのだ。それなのに食後酒のカルバドスについて、ちょっとしたことを教えてもらったり、個室のバーにちょっとどぎまぎとしているうちに、私はやすやすとキスを許していたらしい。キスを許す……なんていう古典的な言い方だろうか。二十八歳の私がこんなことを口にしようとは思わなかった。しかしキスをしている時も少なくとも私の顎の位置は変わらなかったはずだし、舌も動かしたりはしなかった。私の手はじっとしたままで、男の人の背に伸びたりはしなかったはずだ。そういうのってやっぱり「許す」というのではないだろうか。私の心の中で、やっぱり相手は家庭を持っている男の人だという思いが消えることはなかったに違いない。よく友人たちから聞く「もてあそばれる」という言葉が、ちかちかと点滅した。

私はそれほど古風な娘というのでもないし、当然のことながら、道徳などという言葉にはぷっと吹き出す方だ。ただめんどうなことはしたくない。私の友人の中にも妻子持ちとつき合っていた女が何人かいる。妻子持ちは最初は燃えて楽しいが、後はドロドロ、残りカスも出ないというのが彼女たちの一致した意見である。特に悲惨な例が、真由といっていいだろう。真由は学生時代からのグループの一人だ。頭も顔もいいし、歯科衛生士というちゃんとした仕事にも就いている。それなのに口のうまい妻子持ちにひっかかったばかりに、ちょっと頭がおかしくなってしまったのだ。その男には何でも年の離れた奥さんがいて、その女が大変な暴力妻だと真由は吹き込まれていたらしい。

「本当は君と結婚したいのに、妻が許してくれない。信じられないぐらいヒステリックな女で、何を仕出かすかわからないんだ」

こんな嘘を今どきつく方もつく方であるが、信じる方も信じる方である。しかし私と違っておっとりとしたお嬢さまタイプの真由は、まるで小説のヒロインのような気分になったらしい。その非道な妻から男を救い、結婚することを夢み始めた。なんて馬鹿な女なんだろう。一つや二つの差ならともかく、十近く年上の妻などというものは、よっぽどの大恋愛で結ばれたにきまっている。ちっとやそっとのことで別れるはずはないのだ。たとえその女房が気が強くてわめきたてるような女であったとしても、男は最初から承知している。彼の中のマゾ気質と、女房の男っぽさとは非常にうまく合ったということであろう。

それなのに卑怯にもその男は、自分のマゾ趣味は棚に上げて女房を悪者にした。おかげですっかり彼に同情した真由は、いろいろなところ、男の実家や上司に手紙を書いたのだ。

「どうかあの人を救って欲しい。あの人はひどい奥さんから逃げたがっているのです」

結果はどうなるか、五歳の子どもにだってわかるはずだ。真由は〝精神異常者〟というレッテルを貼られ、夫婦は協力してそれに対決することになる。可哀想に、すっかり傷ついた真由は軽いノイローゼのようになり、一時は仕事もやめて実家に戻ることになったのだ。

田村さんが私のことを口説いている間、私はそうした何人かの不幸な友人のことを思い出していた。

「由美ちゃんみたいに、若くて可愛いコが、僕みたいなおじさんを相手にしてくれるわけないと思ってるけどさ、それでもやっぱり僕は由美ちゃんのこと、好きでたまんないんだ」

そしてもう一度私にキスをした。可哀想な友だちのことを思い浮かべながら、こんな風に男の人に迫られるのもなかなか悪くない気分だった。ということは、私はかなりうきうきとした幸福な思いの中にいたといってもいい。

私はもう二十八歳になるし、どう贔屓《ひいき》目に見ても、すごい可愛子ちゃんでも美人でもないということを知っている。けれど十人並みと言われたら腹が立つ。服のセンスや性格で、平均の女たちよりも頭ひとつ分点数を上げているといったところであろう。こんなに冷静に自分のことがわかっている私なのに、「若い女の子」「綺麗」「可愛い」という言葉が、ぞくぞくするほど嬉しい。骨身にしみるという言葉があるけれど、こうした甘い言葉というのは背骨の方からしみてきて、体全体を小さく震わせるみたいだ。私は決して自分から舌を境界線から出さないようにしながら、田村さんの唇や舌の動きを楽しんでいた。

そして何度めかのキスが終わり、田村さんと私は同時に身仕度を始めた。身仕度といっても、セックスと違ってキスぐらいはどうということはない。私はコンパクトを開け、口紅のよじれをちょっと直した。こういう時に口紅をつけ直したりはしない。なぜってまるで娼婦のようではないか。

田村さんはと傍を見ると、しきりに紙ナプキンで唇を拭っている。それは私にとって大きな発見だった。

「そうかあ、妻子持ちって、ここが違っているんだ」

独身の男の子なら、こんな風に執拗に拭き取ったりはしない。しても自分のハンカチを使うだろう。が、奥さんがいる男の人は、自分のハンカチに口紅がついていたりしたら大変なことになるのだ。私は会ったことのない田村さんの奥さんが、洗濯機の前でハンカチにじっと目を凝らしている光景をたやすく想像することが出来た。どういうわけか奥さんはブルーのサロンエプロンをしている。しかもショートカットだ。

田村さんは過去の失敗からこういう知恵を身につけたんだろうか。

それにしても、キスの後でこんなことを考えられるのは、私はまだどこか醒めているからに違いなく、キスにちょっとばかりぼうっとしたとしても田村さんにそれほど入れ込んでいるわけではないのだ。私はこの気持ちがある限り、田村さんとまた会ってもいいかなあと思い始めていた。

それから四日がたった。驚いたことに私は田村さんのことばかり考えているのだった。

「鈴木さん、マウスはもっとやわらかく持ちましょうよ」

などとパソコン講座でおじさんたちの相手をしている最中も、いろんな場面がまるで脳細胞の悪戯のようにあちこちから飛んでくる。私の髪を撫でてくれた田村さんの指の動きとか、煙草を吸わない男の人のほんのかすかな口臭だとかだ。

私は前の恋人と別れて八ヶ月がたとうとしていた。その間誰とも寝なかったし、誰ともキスをしなかった。女も三十近くなるとこの間隔がとても長くなるのだと私は愕然とする。もしかすると、急に田村さんに魅かれていくのは、欲求不満というやつなのだろうか。まさか、そんなことはないと私はひとりごちた。私だって都会に住む年頃の女だ。本当に性欲、シンプルな混ざりっ気なしの性欲を感じたとしたら、喜んでベッドへ行ってくれる男は何人かいた。現にこのパソコン講座に通ってきているおじさんの中にも、私にちょっかいを出してくる人がいるのだ。決して熱心に口説かれたという理由で、田村さんに心を移しているわけではない。もし愛されたから愛してもいいと思うのだったら、それはなんて貧しい構造なんだろう。まるでうんともてない男と女が、お互いに施しをしているようなものではないか。

私は確かにあの田村という男を好きになりかけているんだと思うと、私の心はぱっと晴れやかになった。私は何人かの男との、恋の始まりの頃を思い出す。こんな風に自問自答して、そしてやがて答えを見つけ出していったっけ。とうにわかっている答えなのに、自分自身さえ焦らして焦らして、いろんなことを考えるのはとても楽しかった。

「もう一度、恋が始まるんだろうか」

私の前に水色の大きなカレンダーが差し出される。幾つかのスケジュールが書き込まれたカレンダーだ。週末のデイトに加え、春の花見、夏の小旅行とさまざまな行事がメモされたあのカレンダーを長いこと私は持っていなかった。しかしそれはもうすぐ手に入りそうなのだ。私は田村さんと寝てもいいかなあとふと思い、そしてやっぱりいけないと次の瞬間すぐに打ち消す。田村さんには奥さんと子どもがいるのだ。当然結婚できない。世の中には妻子と別れて、若い愛人と一緒になる男がいるようだけれども、そんなケースは万にひとつといっていいだろう。一年間、やたら楽しい時間が過ぎ、そして二年、三年ともめ、男はやがて女と別れることにエネルギーを注ぐようになる。三年たったら私は幾つになるんだろう。こんな計算、女だったら、〇・〇〇〇〇一秒の早さで出来る。三十一歳になるのだ。私はそれほどひねくれた女ではなかったから、いつかは結婚をしたいと思っている。子どもを産み、私を本当に愛し、理解してくれる男と一緒に暮らしていきたいと思っている。が、その相手は田村さんではなかった。それがわかっているのに、どうして彼とこれから恋をしなくちゃいけないんだろうか。こんなまわり道をするほど私は若くないのだ。

あまり客のいないバーで田村さんはさりげなく私の手を握る。カウンターの上でだ。私の念入りにマニキュアをした爪を、彼はちゃんと誉めてくれる。

「本当に綺麗な色だね。それになんてすべすべした肌なんだろう」

本当のことを言うと、私はこの頃クリームをつけて念入りにマッサージをしているのだ。私はまだ彼と寝ていなかったから、田村さんは私のスーツの袖口から出ている手を愛撫し、賞賛するしかないのだ。服の下には、自分でも結構自信がある胸や腰が静かに息づいているのであるが、彼はまだそれを知らない。私はこんな関係をなんてしゃれているんだろうかと考える。私と寝た男たちは、指の先などといったこんなディテールに、誰も注意をはらってくれなかった。彼らの心と体は、私の中心部に向かっていつも急《せ》いていたものだ。それなのに田村さんは、こんな風にこと細かく私のことを鑑賞してくれている。彼と会うようになってからというもの、私は隅々にまで注意をはらうようになった。田村さんがじっと見つめていた首すじから鎖骨のあたり、そしてうなじ。これらの部分は指と同じで、専用のクリームをつけて磨くとぴかぴかに光り出す。私はそのことを自分の身の上に起こった小さな奇跡のように思うことがある。

私の体はまだ男を十分に歓喜させることが出来る。それも指先の部分でだ。いつのまにか私は自分がたとえようもないほどの美女になったような気持ちになっていく。

もはやなじみとなっている、白金のレストランの中にあるバーへ行った。田村さんはいつも個室を予約してくれている。アールヌーボー風の調度品が置かれ、あかりは黄色くやわらかい。おそらく日本の女の顔をいちばん綺麗に見せる色なんだろう。

ここで田村さんはかなり大胆になる。長いキスをしながら私の胸に指を這わせたのだ。これは私の許容範囲というものであったが、一応私は拒否をする。

「人が来るわよ」

「来やしないさ。いま、飲み物を持ってきたばかりだもの」

田村さんの指が、ブラウスのボタンをはずそうとするので私は小さな悲鳴をあげた。

「私、こういうのって嫌いよ」

「僕だって嫌いだよ」

田村さんは憮然とした表情でこちらを見ている。まるで私がとても理不尽なことをしたみたいだ。

「僕だってこんなところでしたくないよ」

そして田村さんは手を握った。不思議なことに私は、この頃指に触れられるととても感じる。たぶんそれは最近知った私の美点だからだ。指が長くて細くて、とてもセクシーな手をしていると、田村さんが誉めてくれたからだ。

「だからさ、二人っきりになれるところへ行こうよ」

田村さんの眼鏡の奥の目が、狡猾《ずる》そうに光った。もちろん私は、男のこうした悪巧みが決して嫌いではない。

「二人っきりになれるとこって？」

女というのはこういう時、とても低いあどけない声が出るものだけれども私もそうだった。

「二人っきりになれるとこって、どこなのかしら」

「決まってるじゃないかあ」

男もそれに応えて、唄うような節をつける。つまり二人ともベッドの中の睦言のような声を出していたわけだ。

「ホテルへ行こうよ。僕が先にチェックインしとくからさ。そうすれば抵抗ないだろ」

「ホテルか……」

来るべきものが来たか、という感じで私はため息をつく。決して悲嘆しているわけではないが、やはりため息が出る。不倫のカップルがすぐに行きつくところまで行く理由がわかった。不倫している二人というのは、若い屈託のない恋人のように、人前でいちゃつくことが出来ないのだ。たえず人の目が気になるからつい密室をリザーブする。密室に入ったら、男と女が最後までいかないわけはない。どうやら不倫をしている男女に、グレイゾーン、言い替えると純愛などというものはあり得ないのだ。

「私、ホテルなんか嫌だなあ……」

そんなことさんざんしてきたもの、という言葉をぐっと呑み込む。ここまできても私はやっぱり蓮っ葉な女には見られたくなかったのだ。


「どうして私は結婚しなかったんだろうか」

という言葉と、

「どうして私は結婚出来なかったんだろうか」

という言葉とでは、天と地ほどの違いがある、と思っていたのは昔の話で、そう大差がないとわかり始めたのが二十八歳という年齢である。

前者の言葉にはまだ女のプライドや見栄というものがあり、後者にはない。ただそれだけの話だ。が、私に関して言えば、

「どうして結婚しなかったのだろうか」

という言葉も本当だし、

「どうして私は結婚出来なかったんだろうか」

という言葉も本当だ。端的に言えば、プロポーズしてくれた男はどうにも好きになれなかったし、惚れていた男は私と結婚してくれなかった、実にシンプルな話だ。が、これを

高笑いしながら話せるのは三十も過ぎた女だろう。二十八歳の私は、まだ二人の男のことを軽々しく口にすることが出来ない。最近別れた史生《ふみお》に関しては特にそうだ。

彼とは三年のつき合いがあり、結婚話が出たのは一度や二度ではない。しかしいつの頃からか、二人とも会えば喧嘩ばかりするようになり、私の方からしばらく連絡を断った。こちらの目論見《もくろみ》としては、私に対しての禁断状態が続き、気が狂わんばかりになっている史生は、私に謝罪とプロポーズをいっぺんにしてくれることになっているのだ。が、予想とは全く正反対なことが起こった。

「やはり僕と君とは性格が合わないのかもしれない」

という彼の言葉で、私たちの関係はあっけなく終わってしまったのである。

世の中には、私よりもずっと気が強くて、これといった取り柄もない女たちが、どんどん恋愛したり結婚したりしている。私は別にそういう女たちを恨んだり、羨んだりしているわけではないけれど、世の中の理不尽さに時々嫌な気分になる時がある。例えば私の同僚に理枝という女がいるが、これは〝平凡〟に目鼻をつけたような感じだ。会社に着てくるものも、どこでこんなものを見つけてきたのだろうかというひどさである。今どき白いボレロといったものを平気で着ているのだ。しかし彼女は、現在二人の男から同時にプロポーズされて大層悩んでいるという。私はこういう話を聞くと「フン」と内心小さく鼻を鳴らす。女の魅力に比例して男が寄ってくるという法則がこの世にちゃんと存在しているならば、私など十人ぐらい来てもよいのではないだろうか。

こんな不満を抱いていた私にとって、田村さんの出現は、かなり喜ばしいものであった。女だったら誰でもそうだと思うのだけれど、こちらをじっと見つめている時の男のせつない目というのは、心をうきたたせてくれるものだ。大胆さを増してくる手を振りほどき、

「そんなことをしてはダメ」

と怒ったふりをすると、せつなさそうな目は、すぐに悲しそうな目に変わる。女とセックスしたくてうずうずしているくせに、まるで犬を亡くした十二歳の少年のような顔になるのだ。

私は田村さんとはそうした関係だけに止めておきたいと思うことがある。プラトニック・ラブなどという気恥ずかしい言葉を使うつもりはないけれど、寝そうで寝ないような危うい関係とでも言うのだろうか。私はあまり本を読まない方だけれど、日本の女流作家の何とかという人が、そういう男と女の関係がいちばん素敵と本に書いていた。その時は、五十歳のおばさんだからそういうことが出来るんだと鼻白んだものであるが、自分がこういう風になるとそう悪くないような気もする。

二十八歳の私は、まるでチャート式占いのように、二つの方向と結果が見えるのだ。特に田村さんと寝たらどうなるかということが、はっきりと見えてくる。なぜかというと、私はそれまで五人の男と寝たことがあるからだ。

都会に住む二十八歳のＯＬで、五人という数字が多いのか少ないのかは私にはわからない。ただ本当に愛し合ったのは二人だけで、後の三人はちょっとしたなりゆきといっていいだろう。この中には一度だけの男も含まれている。酔った勢いとか、あまり熱心に誘ってくるからとか、世の中のしがらみで、ホテルへ行くことだってある。

私はそういう時、あまり愚図愚図したり、もったいつけたりはしない。よく友人の中には「無理やりされた」と被害者ぶる女がいるけれど、そんなことがあるはずはないだろう。道端で無理やり強姦されたならともかく、みんな密室へ誘い込んだり誘われたりしているのだ。そこへ足を踏み入れるということは、その気があると見なされても当然だろう。

中にはひどい女がいて、彼女が喋ったことは、今でも仲間うちのお笑いぐさだ。

「彼ったらひどいのよ。私、そんな風なつもりはまるっきりなかったのに、いきなり襲ってくるの」

「あなたがそれっぽいことしたんじゃないの」

「何にもしてないわよ。シャワーを浴びてたら突然ピンポーンしてくるんですもの、バスタオルを巻いてお話ししてただけよ」

こんなジョークみたいなことを本気で言う女に比べて、私は本当にいさぎよかったと思う。イエス・ノーをはっきり言い、イエスだとしたら存分に楽しむ。妙に恥ずかしがったりもしないし、ただ男の人に奉仕されるというのも嫌。男と女が寝て、フィフティフィフティなんてことはあり得るはずはないし、そんなことは色気がない。が、セックスは男が楽しませてくれるもの、とはなから決めつける女も私は好きになれない。自分がしてほしいことをはっきりと口に出してしてもらい、自分が男にしてやりたいことをさっさとする。そうかといって、私はそれにとち狂ってしまうほどセックスが大好きというわけではなかった。もちろんそういう情況になったら、それを存分に楽しむけれど、それだけを求めて町を漂うというタイプの女からはほど遠かった。彼と別れてから八ヶ月も何もなくても平気なのだ。例のバスタオルの女だったら、こんな風にはいかなかったことだろう。

つまり私はセックスに対して、何の偏見も持っていないし、おかしなものに縛られていることもない。こんな私と田村さんが結ばれることはたやすいはずだ。おそらく彼は、私の体やほどよい大らかさにきっと夢中になるだろう。そして私もきっと田村さんのことが大好きになる。何ヶ月かしたら、その最中「愛している」とつぶやき、彼も「僕もだよ」と応えてくれるに違いない。

愛し合っていなくても、セックスをすれば、本当にそういう気持ちになることがある。いつもは服の下に隠されている部分を見せ合うということは、大きな秘密を見せ合うということだ。肌と肌を合わせ、お互いの湿気を皮膚から吸い取っていくうちに、いとしいという目に見えない湿疹が出来てとてもかゆい。ひとりでいるとかゆくてかゆくてどうしようもなくなって、信じられないぐらい幸福になる。

けれどもそれがいったい何になるんだろうか。私はかつての恋人たちと交した、多くのささやきを思い出す。

「好き、好き、愛してる」

「僕だってそうさ」

「ものすごく好き」

「もう由美なしじゃ、生きていけないよ」

こうやって固く抱き合った後でも、別れはやってくるのだ。

兆候は電話によってもたらされる。野放図に長かった電話が急に短かくなり、用件を伝える事務的なものに変わる。やがてそれもなくなる。私は運命だとか人生だとかいう言葉を口にする趣味はないけれど、それらのことを考える時、いつも電話のことを思い出すのだ。私の幸福も不幸も、この白い小さな機械が握っているのだと思ったあの秋の日。テレビにも身が入らないし、雑誌も読めない。せいぜい出来ることといったら、マニキュアを塗ることぐらいだ。もしシャワーを浴びている間に、彼から電話がかかってきたらどうしよう。携帯電話を浴室の扉の前に立てかけ、出来るだけ音を立てないようにして髪を洗った。

それでも電話は来ない。私は眠れなくなる。そしてほどなく、別れがやってくる。罵《ののし》ったり、わめいたりはしないし、相手のこともそう憎んだりはしない。ただどうしようもないくらい自分が嫌いになった。

男の人と恋をするということは、またあのみじめな日を経験するということだろうが、私は楽天家だから、橙色の可能性を信じている。それはますます強くなっていくようだ。

「今度恋をする男とは結婚する。きっと幸せな結末にしてみせる」

田村さんとつき合うということは、その可能性をどこかに忘れたふりをすることになるのだろう。楽しい時期が一年、あとは惰性で二年、三年、もめて四年、そして私は三十二歳になる。もしかすると奥さんに知られ、どろどろの三角関係ということになるのかもしれない。そういう時に、田村さんはあっさりと私のことを捨てるだろう。

「彼女とはただの遊びだったんだよ」

などと平気で言いそうだ。そして私の後悔と苦しみの日が始まる、それは今までの恋の苦しさとはまるで違うものになるだろう。私は悪者呼ばわりされ、はっきりと別の人から憎まれるのだ。

「最低の女ね。私と子どもから夫を奪おうとしたのね」

その時、私は三十二歳になっている。三十歳になっていないからわからないけれど、その年の女の人というのは、もうほとんどのことを諦めているような気がする。そして田村さんと別れたら、この三十二歳の私を愛してくれる男の人というのは現れるんだろうか。

そんなことを考えているうちに、私はすべてのことが空しくなってくるのだった。どんなに愛し合っていても、男と女はきっと別れる。愛は長続きしない。私は老いる、そして男の人は遠ざかっていく。

こんなにすべてのことがわかっているのに、それでもやっぱり人は愛し合うんだろうか。それでもやっぱり生きていかなきゃいけないんだろうか。

電話が鳴った。毎晩正確に夜九時から十時の間に田村さんは電話をくれる。この律儀さは私が、まだ彼のものになっていないからだ。彼の愛は逃げる獲物を必死で追おうとする、猟師の執着のようなものかもしれない。

「ねえ由美ちゃん、ほら君が前から行きたがっていた――のコンサート……」

外人アーティストの名を挙げた。

「やっとチケット取れたよ」

「ホント、すごおい。どうもありがとう」

「僕は由美ちゃんのためにこんなに一生懸命なんだからさ、由美ちゃんもさ、もっと僕にちゃんとしてよ」

「ちゃんとって、どういうこと」

「そんなさあ、他人行儀な言い方しないでよ」

軽口を叩きながら、私は本当にすべてのことが空しくなる。田村さんがどういう男かということがわかりかけてきた。けれど私は、近々この男と多分寝るだろうということもわかる。

私は本当に馬鹿だ。だけどそれがいったい何だって言うんだろう。

赤ずきんちゃん

高橋浩美が久保田裕明と知り合ったのは、ちょうど彼女が三十歳の誕生日を迎えた日であった。この話をすると友人たちは「ウソーッ」と年甲斐もなくかん高い声を出すのである。これは本当の話である。

その日、一月二十五日、浩美は朝から暗い気持ちに閉ざされていた。三十代に突入する日というのは、女だったら誰しもが深い感慨にとらわれるものだ。それも幸福な結婚をしていたり、愛する男が傍にいたりしたら、少しは救われる気分にもなったろう。けれども浩美は正真正銘のひとりであった。

これは浩美に魅力がないというのではなく、単にめぐり合わせが悪かったとしか言いようがない。実際、二十八の時も二十九歳の誕生日も浩美は男に祝ってもらい、そう安くない指輪だのブローチをプレゼントしてもらっているのである。それなのにその男とは半年以上前に別れてしまった。もう顔を見るのも嫌だと思った相手ではあるが、こうなってみるともう少し長くつき合っておくのだったと浩美は思う。

「少なくとも、三十歳の誕生日をひとりで迎えるよりずっとましだ」

舌にはのせないひとり言によって「三十歳」という数字の重みはますます心に沁みてくる。全くこの年になるまで独身だなんて、いったい自分はどうなっているのだろう。

浩美は決してもてない娘ではない。目の大きな陽気な顔立ちをしていたし、性格もそれにふさわしく明るくて裏表がない。少女の頃から、まわりには何人もの男の子がいた。そうかといって、人の口の端に上るほど奔放というわけでもなく、初体験にしても大学に入ってからである。その後は六人の男性とつき合い、中には妻子ある男もひとり含まれている……といったら、現代の三十歳の女の平均像といったところであろう。

平均というのは、望めば最低ラインの幸運は手に出来るということである。事実、浩美よりもずっと美しくもなければ、魅力もない女たちですら早々と結婚し、ひとりか二人の子どもの母親になっている。唯一、浩美に罪とか原因というものがあるとすれば、二十代の前半にそうした平凡なものを嘲笑したことであろうか。が、そんなことはちょっと自分に自信のある女だったら誰でもすることである。浩美だけが咎められることはなにもないのだ。

ともあれちょっと選り好みをし、妻子ある男とより道をしているうちに、浩美は独身のまま三十歳を迎えることになったのである。

幸い実家と会社は、これについて揶揄することもなかったし、非難することもなかった。浩美は三人姉妹の末っ子であるが、真中の姉は離婚を経験している。これによって、「何も急ぐことはない。別れるぐらいなら、じっくりと相手を見定めてからの方がよい」という理解が両親に芽ばえているのだ。また浩美の勤め先は、メーカーにしては給料と待遇がよいので、結婚しても会社を辞めない女が多い。特に浩美のいる総務部は女性の数が圧倒的で、しかも力を持っていた。既婚、未婚の女が入り乱れて若い男性社員をいびる風がある。よって浩美が「お局さま」などと意地悪い陰口を叩かれることもないのだ。

こうして浩美は人に知られることもなく、記念すべき誕生日を迎えた。唯一後輩の女の子が、

「あれ！　今日は高橋さんのお誕生日じゃないですか。何かお祝いしないんですか」

と声をかけてきた。そういえば四年前のこと、浩美と仲のいい同僚何人かで合同バースデーを開いたことがある。誕生日を無邪気に迎えられた最後の年だったかもしれない。

「あのね、もうこの年になると恥ずかしくって誕生日なんてやってられないの。もう闇にまみれて、そそくさと帰るしかないのよ」

浩美の言葉に、短大卒だから二十五そこその女は声をたてて笑った。こういう露悪的なことを言うと、同性がどれほど喜ぶか浩美はよく知っていた。あたり前だ、三十年も生きていればそのくらいのことはすぐにわかる。

「でも、やっぱり高橋さんぐらいになると、本命としっとりってわけでしょう」

口のきき方を知らぬ若い女は、露骨に笑ってみせた。しっとりという言葉の使い方がよくわからないのだ。

「そうね、そういうことにしておきましょう」

そして浩美は町に出た。一月二十五日というのは特別の日でも何でもない。寒さが厳しいその日は火曜日であった。クリスマスでもバレンタインでも週末でもなかったから、ひとりで歩くことにさほどのみじめさはなかった。浩美は会社からひとつ先のターミナル駅で降りた。このままアパートへ帰るのは、あまりにも淋しい気がした。昨日「一緒に何か食べよう」と言ってくれた女友だちのことを思い出したのである。しかし彼女の受話器の向こう側では留守番電話がまわっているだけだ。

「メッセージがあったら吹き込んでください」

それは自分に対する大きな裏切りのような気がした。ますます暗い嫌な気分になる。いったん途中下車したばかりにリズムを壊してしまい、このままでは到底まっすぐ帰れそうもなかった。酒を飲みに行こうかとふと考えた。行きつけの店は何軒かある。ひとりで行ったとしてもママかバーテンダーが相手をしてくれそうな店だが、それも待ち合わせの相手が来るまでかもしれない。いくら待っても連れが現れない女に、彼らがそれほど親切だろうかという疑問が残る。ターミナル駅の電話の前で、あれこれ悩んだ結果、浩美のたどりついた結論はごくありきたりのものであった。

「自分で自分に何か贈り物をしよう」

その駅のターミナルビルの中に、今までちょっと気になっていた店があった。シルバーを中心としたアクセサリーのブティックである。気のきいたデザインが揃っているのであるが、この金額とかたちは、浩美にとって中途半端である。もう少し出せば本物の宝石が買えるし、おもちゃのように身につけるにはやや高過ぎるのだ。が、今日は浩美の三十歳の誕生日である。そして浩美はひとりである。このぽっちりと穴の開いた部分を埋めるためには、やはりこうした遊びめいた贅沢なものが必要だったのである。

いささかの気負いを持って浩美は店に入っていく。先客がいてそれは若い男であった。恋人のプレゼントを選んでいるのであろうか。ケースの中を覗き込みながら店員と何か話している。一瞬ハーフかと思ったほどの彫りの深い横顔だ。流行《はや》りの長めの髪をしているので、うつむいた額にひと筋髪がかかっている。浩美はこの男の恋人に一瞬であるが、羨望と妬みを持った。男に対する特別な関心ゆえではない。男に愛され、贈り物をしてもらうすべての女に対する嫉妬であるから、それはすぐに消えてしまうものであった。浩美はケースの中に目をやる。浩美の心をとらえたのは小羊のブローチであった。普通動物をモチーフにしたものはおもちゃっぽくなることが多いが、その小羊はシンプルな線で出来ている。羊の眼がやけに意地悪な風なのも気に入った。スーツを買えるほどの値段のものであったが、そうためらうことなく包んでもらう。プレゼントだといってリボンもつけてもらった。そして店を出たところで、浩美は追ってきた男に話しかけられたのだ。さっきショウケースの前にいたハンサムな青年である。

「どうもありがとうございます」

彼のその言いようは、店員のものとはあきらかに違っていた。物を売る人間というのは、これほど親身になって礼を言ったりしない。

「本当にありがとうございます。そのブローチ、僕がつくったものなんです」


彼が年下であるらしいことは、その時の皮膚の色でわかった。三十代に近い男というのは、肌にこのような艶がないものである。化粧をしない分だけ、男の顔は正直に年齢を表すものだ。自分よりいくらか若いはずであると浩美は判断したのであるが、五歳も下とは思わなかった。

裕明は美大の彫金科を出た後、ある大手ファッションメーカーのジュエリー部門に勤めた。しかしすぐに会社を飛び出し、友人何人かで工房を開いたのである。最初は家賃も払えないほどであったが、最近は彼らの商品を置いてくれる店も増えてきた。雑誌に紹介されたこともあり、工房の方に直接買いに来る客もいるということだ。

とはいうものの、若いデザイナーである彼の収入などしれたもので、裕明の身につけるものも、たいていチノパンツやセーターである。美大出身だけあって、さすがに配色や着こなしはしゃれているものの、ジャケットは安物独特の擦り切れ方をしている。それを見るといつも甘い悲しみに包まれる浩美だ。それはまさしくせつなさと呼ぶべき感情であり、浩美に多くの失敗をもたらした原因となるものであった。

友人たちに言わせると、浩美は男運の無い女ということになる。もっとやさしいものの言い方をする者は、情が濃過ぎるのだなどと指摘する。昔から浩美は男に尽くすのが大好きだ。こまごまと世話を焼き、男が欲する前に小さな品や食べ物、自分の体を与えるのを無上の喜びとする。

「浩美はちょっとゆがんでるわよ。子どもの時によっぽど暗い過去があったんじゃないの。幼児期に何か決定的なことがなきゃ、こんなマゾにならないのよ」

人にそう言われても思いあたる節はない。ごく普通のサラリーマン家庭に育ち、ふたつ上の姉とも仲よく過ごしてきた。ただ言えることは、父親に遠慮していて、いつも父親の顔色をうかがうようにしていたことだろうか。といっても父が格別暴君というわけでもなく、穏やかでユーモラスな男であった。母親がやたら気を遣っていたのは、もともとの性格か、彼女の趣味というしかない。しかし困ったことに、浩美は母のこの性癖をすっかり受け継いでしまったようなのである。

浩美は恋人になる前に、世話女房になってしまうタイプの女となった。男に対して我儘を言う快楽よりも、男の我儘をきいてやる喜びをとってしまったのである。まことに珍しい資質であるが、現代においてこれは美徳とはいえない。やがて浩美のこうした習慣は、

「男になめられる」

という結果をつくり出してしまったようなのだ。浩美は考える。女としての人生が始まってからの十五年間、自分はずっと男に振りまわされてきたような気がする。最初は積極的に接近してきて、かなり乱暴に浩美を奪った男が、三ヶ月もたたないうちに怠惰になっていくありさまを何度も見てきた。それはまず電話の回数に表れる。まだ携帯という便利なものがなかった時代、浩美は毎晩のように受話器の前で、いつ鳴り出すかと息をひそめて待っていたものだ。こちらから電話をかけたい衝動を抑えるために、浩美はどれほど努力したことであろう。自分の両手を縛りたいほどの強い力と戦ったあの冬の日……。そうだ、もうあのようなことを二度と繰り返すまいと浩美は心に誓う。

今度の恋人、裕明はなんといっても年下なのである。不思議なことに、今までの浩美の歴史の中に、齢下の男というものは存在しなかった。ひとつ若いというのがあったが、ひとつは齢下のうちには入らないであろう。

それなのに今度はぐっと若い男の登場である。よほど心をひき締めていかなくてはならない。そうでなくても、自分は母性本能がひと一倍強い性質《たち》なのである。親友に言わせると、浩美のそれは母性本能というよりも、自分のものだけにして囲っておきたいという強

いエゴイズムの変形だという。男をおもちゃのようにして、かまいたいという最も危険なものなのだそうだ。

仲間うちでも浩美は、少々変わった男の趣味があるとされ、よく分析や暇つぶしの対象とされるのであるが、それはともかく若い男には気をつけろと、親友は語尾を強めて言ったものだ。

「本当に今までどおりのことをしちゃ駄目よ、今度こそあんた、むしり取られてぼろぼろになるのよ。気をつけてよね」

親友は最近週刊誌で読んだという女の話さえした。そのOLは、好きな男に貢ごうとしたあまりソープ嬢となり、それでも足らずに詐欺まで働いたというのだ。もちろんこれはジョークの延長というものであるが、浩美の心の中にはわずかに沈澱するものがある。

「気をつけてよね」という注意がリフレインされていく。

だから浩美は、裕明のジャケットを見過ごしたままにしておくのだ。以前だったらこうではなかった。クリスマスか誕生日、バレンタイン、適当な日が近くになかったら、

「バーゲンで見つけたから」

という理由で男にこまごましたものを買ってやったものである。OLの浩美の給料は決して高いものではないが、三十近くまで勤めていればまあまあの額は貰える。ソープ嬢にならなくとも、好きな男にちょっとしたものを買ってやることは出来るのだ。けれども

裕明に関しては無視することにした。ところがこれが大層むずかしい。もともと、男のみじめさというものが目について仕方ない性格なのだ。自分が出来ないこと、してはならないことを目の前にすると、人間は腹が立ってくるものである。

「ねえ、そのジャケット、何とかならないのかしら」

浩美はつんとした調子で尋ねる。裕明の上着の肘のあたりは、透きとおる一歩手前といったまでになっているのだ。

「えっ、このジャケットのどこがいけないの」

裕明は目を大きく開くようにして尋ねる。彼の虹彩は薄茶がかっていて、これは彼を不誠実な男に見せた。なぜかわからぬが、こんな明る過ぎる目を持つ男を、どうして信用することが出来るだろうか。女のように目を見開くさまも気にくわない。

「このジャケット、学生の頃買って、ずうっと気に入ってるんだけどなあ……」

「でもすごく古いわよ。もう肘のところが、すっかり擦り切れているじゃないの」

浩美は次第に苛立ってくる。裕明と会う時は最初うれしくてたまらず、そして次第にいらいらしてくるのだ。その理由はなぜかわかっている。男に対して全開になれないのは、これが初めてなのだ。相手になめられてはいけないと、水道の水を調節するように細くちょろちょろと愛情を流していく。今までならいつも蛇口を全開にし、男に愛や気遣いや、そしてたまには金を浴びせてきた。それを自分で禁じているから浩美は腹が立つのである。

「どうして新しいジャケットを買わないの」

詰問するように彼女は言った。それは、

「どうしてこの男に自分はジャケットを買ってやらないのか」

という問いなのであるが、相手にわかるはずはない。

「どうしてって、金が無いからに決まってるさあ……」

裕明はじっとこちらを見る。本当に西洋人のような茶色の目だ。ひき込まれそうになる心をぐっと浩美は抑える。気をつけなくてはならない。金がないからジャケットが買えないということは、浩美に買えと要求しているのではないだろうか。

親友をはじめ、浩美は多くの女友だちに言われている。

「とにかくお金だけは気をつけなさいよ。今までの男のように気前よく遣っちゃ駄目よ」

男というものは、金を遣うからこそその女に執着を持つのだ。男に金と気を遣わせない女が、感謝されたり清純さを愛されることはまことに少ない。世の中を見よ、悪女と呼ばれる女こそが勝利を奪い取っていくではないか。金というのは単に欲望の手段ではない。実は男女の結びつきを複雑にからめて結んでいく効果があるのだ……、などということは浩美だって知っている。けれども生まれついて持ってしまった性格というものはどうしようもない。浩美は男に奉仕することがしんから好きなのだ。

いまこの男にリボンのついた箱を贈る。その中には彼によく似合う紺色のジャケットが入っている。自分の目の前で男がリボンを解いていく。そして箱を開け、やあと歓声をあげるはずだ。それを見るのはどんなに楽しいだろうかと浩美は想像する。が、今の浩美はどうしてジャケットを自分で買わないのかと相手を責めるだけだ。が、仕方ない。これもこの男が好きなせいなのである。つき合い始めて二ヶ月になるが、会うたびに胸を強い力でぎゅっと押さえ込まれたようになる。なんて綺麗な男なんだろう、なんて長い脚なんだろうと、浩美は自分の幸運をつくづく思いやる。夜になると、いや昼間でさえも、裕明は浩美を抱いてキスをする。やさしく服を脱がせてくれて体を合わせてくる。裕明は背も尻も、どこもかもすべすべとしていた。手を置いても指がするっと滑りそうだ。それは浩美が二十代の頃にはわからない感触であったろう。

裕明は性に関してそれほど熟練というほどではない。けれども何もかも一生懸命だ。時々は小さな声で、浩美に本当にいいかと尋ねたりもする。

こんなことは親友にさえ言っていないけれど、彼の腕の中で浩美はすぐに達してしまう。今までの最短記録といってもいいぐらいで、浩美はとても恥ずかしい。終わった後でそのことに照れて、ついぶっきら棒になってしまうことがある。こんなに裕明とのセックスがよくなるなんて、ありきたり過ぎて恥ずかしい。

「年下の男とのセックスに溺れる三十女」

ベッドの上の自分たちの頭上に、そのキャッチフレーズが週刊誌の見出しのように浮かんでいるような気さえするのだ。

「浩美ちゃんたらさ……」

いつか裸のままで、浩美の髪をいじっていた裕明が言ったことがある。

「どうしてさ、すぐにぷりぷりして、僕に意地悪をするのかなあ」

子どもが母親に尋ねるような言い方であった。自分を充分に満足させてくれた男の、こういうあどけなさというのはまことに好ましく、だから浩美も珍しく素直に答えた。

「だって裕明が、私にいろいろ意地悪をするからよ」

「僕は何にも意地悪なんかしていないじゃないか」

「してるってば」

本当は意地の悪いことをしているのは、専ら浩美の方である。そんなことはわかっている。けれども裕明はそれ以前に大きな罪を犯しているのだ。自分の心を予想以上にとらえてしまった罪。最初は年下の綺麗な男との軽い遊びとぐらいに思っていたのに、浩美はもはや抜きさしならぬところにまで来ている。この男をもう絶対に失いたくないとまで思う。ということは「結婚」ということになるが、それだけは死んでも口にすまいと浩美は思っている。

以前、こちらから言ったばかりにさんざんなめにあったことがある。その男とは熱愛といっていい状態だったので、浩美は言っていいものとすっかり油断してしまったのである。

もし裕明と結婚ということがあれば、それは彼の方から懇願し、哀願するものでなければならなかった。ハンディのある側から、「結婚」という一応のゲームセットを告げてはならない。全く女が三十歳ともなれば、学習したことはなんと多いのであろうか。何人かの男によって、予習も復習も宿題もすべて済ませているのである。

「本当に、こんなにずる賢いおばさんの、いったいどこが好きなの」

裕明に問うてみたい気持ちがするが、そんなことはしてはならないはずである。この年下の男との恋で浩美がさんざん学んだことは「してはならない」ということの多さかもしれなかった。

そんな浩美であったから、裕明から金を貸して欲しいと言われた時の衝撃と落胆は大きかった。頭の後ろの方で何人かの女友だちのつぶやきが聞こえ、その中に浩美自身の声も交じる。

「それごらん、それごらん」

浩美は悲しみと怒りのあまりしばらく息が出来ない。その心の奥でかすかに安堵のため息が漏れている。どんな結末であろうと、自分の予想したこととぴったり重なると、人間はどこかで満足するものかもしれない。

「初めての展示会なんだ。僕たちはこれに賭けてるんだ」

裕明たちの工房で今回大々的に展示会をすることになった。そのことを告げると、協力をしてあげるというマスコミも何社か出てきたそうだ。そうなると青山や表参道あたりの大きな会場を借りたい。関係者を集めて、ちょっとしたパーティーも開かなくてはならないだろう。といっても今までぎりぎりの経営状態であった工房に、そんな金が出せるわけはない。探せば大きな店やメーカーで協賛してくれるところもあるだろうが、そういうスポンサーをつけるとヒモ付きということになってしまう。それは裕明たちがずっと避けてきたことである。

いろいろと話し合った結果、自分たちで均等に金を持ち寄ろうということになった。そのために五十万円という金が入り用だというのだ。

「毎月少しずつ返していくつもりだよ。本当にみっともない話なんだけど、僕にはまるっきりお金がないんだ」

裕明は年に一度、ある工芸展に出品しているのだ。この時に使うシルバーや貴石はもちろん自分持ちである。彼が年中素寒貧《すかんぴん》なのはそのためだということを浩美はよく知っている。知っているけれど、金を貸すのとは別問題である。二人の間でやり取りされるのは金ではない、愛を賭けた信用なのである。そしてこのやり取りは不思議なことに、自分の元に金が完全に返ってきたとしても愛や信用が膨らむということはないのである。「金を貸した、借りられた」という後味の悪さだけが残ってしまう。

「お金を貸すっていうの、どういうことかわかっているの」

浩美は低い声で言った。

「これで私たちの仲が、駄目になってしまうことだってあるのよ」

「えーっ、どうして」

裕明はそれが癖の目を大きく開く。それを顔ごと浩美は見つめた。女を騙す顔なのか、そうでないのか浩美にはよくわからない。信じたい思いと、なめられてたまるかという心がせめぎ合っている。今までこんな思いをさせた男は一人もいなかった。がめつい男で、やたら奢《おご》らせる男はいたけれど、金を貸してくれという男は初めてであった。

「どうしてこれで浩美ちゃんと僕が駄目になるの。だって僕はちゃんと返すよ、そのくらいは信用してくれるだろう」

そういう言い方が嫌だと浩美は思った。畳みかけるように「――してくれるだろう」という口調は、金を借りようとする男がするものではない。浩美は本当に悲しかった。いくらOLだといっても、五十万ぐらい何とかなる。そのことがわかる男が口惜しく、そして貸してくれるに違いないと信じている男が憎らしかった。

「あのね、少し考えさせて頂戴。私にとって五十万円は大金なのよ。ハイ、わかりましたって貸すわけにはいかないの」

「わかった……」

裕明は立ち上がった。諦めたのか、不貞腐れたのか、どちらともつかぬ様子が浩美には不安になる。これほどあっさりと引き下がるとは思ってもみなかったからである。もしかしたら裕明は怒ったのではないだろうか。浩美はあわてた。何かうまいことをひとつふたつ口にしなければならないと思ったのである。

「とにかくあしたまで考えさせて。私、裕明のために何かしてあげたいっていう気持ちはいっぱいあるわ。だけどお金を貸してくれ、っていわれたことで動転してしまったの。ね、私の気持ちわかってよね」

「いいよ、いいよ」

彼はここでくるりと振り向いた。例の茶色の虹彩は静かだった。

「ただ僕って、本当に信用されていないなあと思った。この半年間、君って僕に対していつもおっかなびっくりだったものね」

「おっかな、びっくり……」

「それはよくわかったよ。こわごわ僕とつき合ってたの。でもいつかはさ、そういうの取り払ってくれると思ってたけど、やっぱり駄目だ。そりゃそうだ、借金を申し込むような男だもんね。ごめんね、嫌な思いをさせたよね。お金のことはもういいよ……」

気がつくと浩美は部屋にひとりとり残されていた。わかったことがひとつある。裕明はひとつの賭けをしていたのではないか。金を借りることで浩美の出方をみようとしていた。

極端に甘えることにより、彼は浩美の反応を見ようとしていたのだ。

浩美はどこか遠いところでドアをノックする音を聞いた。赤ずきんちゃんの物語を不意に思い出す。用心しても狼に食べられてしまう女の子の物語だ。自分はずっと長いこと狼を恐れ、食べられまいと身構えてきた。

その結果がこうだ。浩美は再びひとりぼっちになってしまったようなのである。

「今なら間に合うかもしれない」

と浩美は口に出して言い、ソファから立ち上がった。大急ぎで部屋から出て、裕明の後を追う。手には銀行のカードを握りしめていた。そして途中で五十万円を引き出してやろう。

そうだ、思いっきり愚かになるのだ。ひとりの男を手に入れるためだったら、自分は食べられる赤ずきんちゃんになろう。プライドも何もかもがぶりと頭から食べてもらうのだ。

そう心はいくつかのシーンを描き出しているのに、やはり浩美は動かない。浩美は聞こえてくるドアのノックに耳を塞《ふさ》いでしまうのだ。

いまドアを開けたら、前と同じことが起こる。今までどおりのことが繰り返されるだけだ。孤独が癒される代わりに、幻滅というものが訪れてくる。それが浩美にはわかる。それさえも既に浩美は学んでいたのである。

死ぬほど好き

自分の手帳なんか見なければよかった。妙子はつくづくそう思った。手帳というのは、来週のスケジュールを確認するためにあるものであって、思い出をたどるために拡げるものではない。

それなのに妙子は、五月、六月といちばん楽しい頃のページをめくっていた。大きな花マークが目についた。これは克己と初めて出かけた旅だ。連休中は混むからといって、五月の半ば過ぎに伊豆のホテルに泊まった。そのホテルは新しく出来たばかりで、スパがあり、室内プールがありと、すべてが贅沢なつくりになっている。女性雑誌のグラビアで見て以来、妙子はずっとここに憧れていた。だから克己から旅行に誘われた時、その伊豆のホテルのことを話したのだ。

ちょっとお金がかかるかもしれないけれどもと言った時、妙子と一緒に行けるなら貯金を全額おろしても構わないさと克己は答えた。

大阪で生まれ育った克己は、言葉惜しみしないところがある。つきあい始めて最初の頃は、それが少々軽薄に感じられたりしたこともあったが、口あたりのいいやさしい言葉をふんだんに注がれると、それはすっかり癖になってしまった。妙子はくすくす笑いながら克己の口説きを聞いていたものだ。

克己の口のうまさがいちばん威力を発揮するのはもちろんベッドの上で、妙子はそうした言葉のひとつひとつを、家に帰ってから何度も思い出しては舌の上でころがす事になる。伊豆のホテルでもそうであった。

克己は奮発して、ダブルはダブルでも、料金の高い方を選んでくれたようだ。その部屋にはベランダがついていて、まるでつくりもののような赤く大きな夕陽が、少しずつ海に沈んでいくさまがよく見えた。克己は妙子の肩を抱き、髪に自分の頬を埋めながらさまざまなことを言ったものだ。

僕は幸せだよ。妙子とこんな風にしていられるなんてさ。

僕は本当に妙子に夢中なんだよ。わかるだろ。

そしてベッドの上で、彼はもっとたくさんの愛の吐露と、妙子の賛美を口にした。それには妙子の体に関する褒め言葉も含まれている。今までそんなことを口にした男はいなかったので、妙子は顔を赤らめた。いやーと、小さく叫んだりもした。

え、どうして。本当に今までの男の人、何も言わなかったのかな。不思議だなあ……。

克己はしきりに首をひねり、それも妙子をおおいに喜ばす言葉のひとつとなったものだ。

あれから五ヶ月たち、スケジュールのページの中身はすっかり変わってしまった。もう花模様が記されることもない。それどころか週末も空欄のままだ。妙子は仕方なく本を読んだり、部屋を片づけたりする。友人に誘われてスポーツジムの会員になったけれども、あまりの混雑ぶりに嫌気がさして全く行かなくなってしまった。そうでなくても、妙子はあまり外に出かけるのが好きではない。ゴルフやテニスといったものにも興味がなく、学生時代から運動神経はいい方ではなかった。

そんな妙子を克己はよく外に引っ張り出したものだ。日曜ごとにドライブに行き、そのうちゴルフの打ちっぱなしに連れていってくれるようになった。彼によると、妙子は腰もしっかりしているしフォームの覚えもいい。それなのにこわごわと球を打つので、少しも遠くへ飛ばないのだそうだ。

妙子はさ、いつだって思い切りが悪いんだよ。これって決めたらさ、ぱーっと力を入れる。ゴルフだって恋愛だって同じさ。

そう言って妙子を笑わせた克己から、ほとんど電話がかかってこないようになった。ケイタイも電源を切っていることが多く、妙子は仕方なく克己の職場に電話をかけた。すると彼は、同僚の手前他人行儀を装うというよりも、しんから不機嫌な声を出した。そしてしぶしぶといった感じで、約束の日取りが決められた。場所は三千二百円でディナーが食べられる、西新宿のイタリアンレストランであった。妙子はイタリアンが大好物であるが、その店はあまり好きではない。使っている油がよくないらしく、パスタが胃にもたれるのだ。が、そんなことも言っていられない。あの店はおいしいから好きよと、妙子は心にもないことを言い電話を切った。

そしてその夜克己は二十分近くも遅れて店に現れ、コースの最後につくコーヒーを飲み終わるとそそくさと帰って行った。

こんな不景気だろ。今、うちの会社だって大変なんだよ。

克己は自動車部品メーカーに勤めている。何度説明されてもよくわからないのだけれど、彼の仕事はパソコンを使い、各工場の資材を調整する担当なのだそうだ。このところめっきり業績が悪くなり、リストラを決行すると会社側は公言している。リストラなどというのは、中年の社員の首を切るためのものだと思っていたが、自分のような二十代後半も危ない、という噂が流れている。そのためにも残業をこなし、会社への忠誠心を見せなくてはならない。そんなわけでどうしても、のんびりと食事をしたり、酒を飲む気分にはならないんだ……。

こんな風に長々と続く克己の愚痴を、妙子はどれほど安堵の気持ちで聞いただろうか。自分を避けている理由がはっきりしたのである。

一年足らずのつきあいであるが、克己の性格はよくわかっているつもりだ。彼は外見によらず大層プライドが高い。おそらく仕事がうまくいかず、うちしおれた自分を見せたくないのだろうと妙子は思った。が、そのことを友だちの美佳に話したところ、なんて馬鹿なのとため息をつかれた。

疲れた時やつらい時に、いちばん傍にいて欲しいのが好きな人でしょう。それだから恋人なんでしょう。どうしてそんなことがわからないのかしら。

その言い方に妙子はすっかり気分を悪くし、美佳に電話しなくなってしまった。ごくたまに用事があってかける時も、克己の話はいっさいしない。いつしか妙子は、女友だちにする恋の相談という甘美な習慣を失っていた。彼女たちは情け容赦のない口調で、判定を下す。それを聞くのが怖かったからだ。

そして最後のデイトから、一ヶ月が過ぎようとしていた。相変わらず電話はかかってこない。

もしかすると、克己は私のことを嫌いになったのだろうか。

この疑惑を妙子は検討し、そして否という結論を下す。二十四歳の妙子は、それまで二回の恋愛を経験していたけれど、その誰とも克己は違っていた。なぜならば克己ほど積極的に近づいてきた男は今までいなかったからだ。

克己の会社の男性と、妙子の同僚の女性とが大学の同級生で、飲み会をしているうちにいつしか小さなグループが出来上がった。

野田さんっていいな、僕のタイプだなと、克己は臆面もなく口にし、冗談かと思うほどの明るさで近づいてきたものだ。皆の前で今度二人きりで会ってくれと懇願し、友人たちはどっと囃したてたものだ。

そうだよ、こいつ、わりといい奴だよ。

妙子ちゃん、ちょっとつき合ってやってよ。

当然のことながら妙子は決して嫌な気分ではなかった。同い年の女も何人かいる中で、相手は自分を選び出したのだ。そして自分のものにしたいと、はっきりと宣言をしたのだ。けれどもそういう得意な気持ちとは別に、妙子は慎重であった。なぜなら克己はあまり美男子とは言えなかったからである。背もあまり高いとはいえず、この年代の男にしては足が短かい。それよりもやたら造作が大きく、黒子《ほくろ》の多い顔が下品に見えた。よく酒を飲み、よく喋るのも妙子には気に入らなかった。妙子の好みは端正でもの静かな男である。学生時代とＯＬになりたての頃、そうした男とつきあっていた。妙子の方が先に熱を上げ、やがて男の方が去っていく、という恋愛であった。が、克己の場合は違う。彼は初めてデイトをした時から、妙子を口説き始めた。その求愛の言葉は多岐にわたっていて、妙子は意表を衝かれたものだ。

野田さんってさ、笑う時も一テンポ遅れるよね。どういう意味なのかはっきりとわかるまで絶対にリアクション起こさない。ああいうのって、いいなって思っちゃう。

野田さんってさ、多分変わり者、とか言われてたでしょ。どこがって言われても困るけど、普通の女の子とさ、かなり違ってますね。でもそういうとこ、たまんなくいいナって思っちゃう。

などという評の合い間に、
すっごく可愛い、
顔もスタイルもオレ好みなんだ、
などという単純な褒め言葉を織り込んでいく。気がついてみると週末にデイトをし、帰りにキスをするようになった。

が、セックスをする時はさすがに考えた。地方の勤め人の家に育った妙子は、かなり物堅く訓《しつ》けられた。三年前に八十三歳で亡くなった祖母は、女の子は生娘でなくては結婚できないと、時代遅れの教訓を垂れたものだ。その影響はないと思うものの、初体験も二十一歳になる二ヶ月前とかなり遅い方であった。その後も回数はそう多くないし、変わった体験も持たない。セックスに関しても褒められたり、有り難がられた経験も持たない妙子に、克己との一夜はあまりにも強烈であった。

妙ちゃん、これって夢じゃないよね。

彼はうめくように言ったものだ。

妙ちゃんとこんなことが出来るなんて、とても本当のこととは思えないよ……。

この言葉は妙子を感動させた。今まで自分がこれほど求められ、これほど感謝されたことがあるだろうか。克己は妙子の髪や指を丹念に愛撫する。こんなやさしさを味わったことはなかった。今までの恋人は、もっと性急に妙子の体をいじりまわし、貫いていっただけであった。こんな風に末端の神経が通っていないところまで、舌を這わせ口づけしてくれた男は克己が初めてであった。

乳房や性器という場所は愛されて当然である。けれども左手の小指の爪や、髪の先のやや赤茶けた部分は違う。本当にその女のことをいとおしく思っていなければ見逃してしまうはずだ。

終わった後も、克己は妙子を背後からじっと抱きしめ、その体の熱さを伝えた。

すごいよ、妙子、最高だよ。もう僕は妙子から離れられないよ。

いつのまにか妙ちゃんが妙子に変わっていたけれど、あの瞬間に自分の心も変わったのだと妙子は思う。そして蜜月が始まった。自分の心と相手の心とが等しい重さになる、まるで奇跡のようなひとときがだ。

それはまだ一年も続いていない。だから突然裁ち切られるはずはなかった。それに妙子は、克己から嫌われるようなことは何ひとつしていないのだ。世間には意地が悪かったり、傲慢だったりする女がいくらでもいるが、妙子にはどれもがあてはまらない。確かに最初の頃、克己が強引に言い寄ってきた頃は、不遜な態度をとっていたかもしれない。傲慢、とまではいかないものの、高慢といってよい電話の喋り方もした。が、そんなことはとうに昔のことになる。妙子は大層気前のよい性格であった。ものを与えられたら、それを倍にして返さなければすまないところがある。食事やプレゼントという返礼は金がなくては出来ないから、妙子は普通のOLらしい慎ましさで、せいぜい礼状を書く程度だ。が、愛情であったら話は別であった。愛情というものは、倍にして返せば、さらに豊饒《ほうじょう》になって返ってくる。妙子は克己とつき合うようになってから、その倍々ゲームを楽しむようになった。妙子の恋人に対する愛情は、もう溢れそうなほど充ちている。これを収納する当座の容器は、もはや結婚しかないのであるが、これについて妙子は非常に老獪《ろうかい》になっているといってもよい。なぜなら前の恋人は、それが原因で逃げ腰になってしまったからである。恋愛の行きつく先に、必ず結婚があるという健全な考え方を妙子は持っていたが、どうやらそれは時代遅れらしい。そういう思考というのは、女の顔にくっきりと表れ、男から敬遠される原因になってしまう。だからあくまでも、結婚に関しては醒めた女のふりをしなくてはならない。ことあるごとに、

私にはまだやりたいことがいっぱいある、

若く結婚する女の人って信じられない、

などというフレーズを口に出すことが大切だ。二十四歳ともなれば、このくらいの知恵

は次第に身についてくる。いずれにしても自分は何ひとつミスを犯していないと妙子は思う。克己にうとまれる理由など何もないはずだった。

まず自分は、結婚をほのめかしたりしたことなど一度もない。高価なものをねだったこともないし、毎日電話をかけろとか、日曜は必ず一緒に過ごしてくれといった我儘も口にしていないはずだ。それにこれがいちばん肝心なことであるが、向こうから自分にもちかけてきた恋なのである。熱心に口説き、好きだ、愛しているのだという言葉をふりまいた末、彼は妙子を手に入れたのである。彼が意思を表明しなければ、二人は飲み仲間のグループの一員といった関係であった。それを破ったのが彼ならば、彼はその穴を開けたままにしておくべきなのである。いや、指を使い、さらに大きく押し拡げるのが本当であろう。

そう、どうということはないと、妙子は自分に言い聞かせる。恋人たちにはよくあることだ。二人はやや歯車がずれてきたということなのだろう。克己は仕事のことで苛立っていて、自分になかなか連絡をつけてこようとしない。こちらも男の気持ちを慮《おもんぱか》って少し遠慮をしていた。

とにかく会ってみることが大切ではないか。二人で食事をし、ビールかワインを飲む。すると誤解とも言えない小さなわだかまりが消えていく。なんだ、そんなことだったのかとお互いに笑い合う。そしていつか克己は妙子に謝罪をするであろう。

かまってやれなくてごめん。だってオレ、本当にそれどころじゃなかったんだよ。

そんなことといいんだってばと妙子は頷く。

ちょっと淋しかったのは本当だけれど、お仕事なら仕方がないわ……。

最後の〝ないわ〟というのは、小さなつぶやきになり、実際に声に出していた。

昔から妙子はままごと遊びが大好きであった。中学に入る頃までやりたがって、友人たちに気味悪がられたものだ。今でもそうした片鱗はそこかしこに残っている。相手がこういう風に言い出したら、こう答えていこうと考えるのが妙子は好きだ。恋人に会えない時は、幾つかのシミュレーションを自分で組み立ててひとり楽しんでみる。そう多くはないが、ベッドの上のこともあれこれ想像してみることもある。考えてみると、今までつきあった二人の男は、セックスの最中も無口であった。が、克己は違っていた。彼はそのたびに妙子が喜ぶような言葉を用意していてくれたものだ。だからひとり遊びをする時も克己ほど適した相手はいなかった。

過去、克己が自分を抱いてくれていた時にささやいた言葉をダイアローグにしてみる。そして気に入ったページを拡げ、何行かを拾い出し、とびきりのシーンをつくる。その中で彼は限りなく男らしく魅力的であった。

おそらく会いさえすれば、あのシーンの続きは始まるのである。食事をした後、二人は散歩をするだろう。お酒を飲むから克己は自分の車では来ないはずだ。あの公園か、もしかするとあのビル群の裏道を歩く。そして克己はこんな風に言うに違いない。

うちに来るだろう。

バス停の真前にある築二十年のアパート。その間取りも妙子はしっかりと記憶している。入るとまず四畳のキッチンがあり、奥に寝室がある。バーゲンの時に買ったという羽根布団は、干したことがないから湿っている。しっかりと克己の体温がしみついている。その中にがさがさと二人で入り込み、その布団をもっと湿らせていく楽しさといったら……。

とにかく克己に会わなくてはならない。会ってものを食べ、セックスをして仲直りをしなくてはならない。

妙子はトイレに行くふりをして席を立った。妙子の勤める繊維メーカーは、大阪が本社の昔気質の会社で、細かいことに大層うるさい。若い女子社員が私用電話をしようものなら、すぐに近くの先輩女性社員からお小言をくらう。だから緊急に電話をかけなければいけない場合は、一階に降りて自動販売機の前にある公衆電話を使わなくてはならないのだ。

妙子の知り合いの中に、仕事中もケイタイの電源をつけたままにしているというコがいるが、とても信じられない話だ。

二回呼び出しがあったかと思うと、よく訓練された明るい女の声が、会社名を名乗った。

「もしもし、服部克己さんをお願いします。私、野田と申しますけれど……」

「はい、はい、服部ですね。ちょっとお待ちください」

どうやら克己は会社にいるようだ。妙子は深呼吸する。どうして自分が緊張しなければならないのか、とても理不尽な思いになる。

「もし、もし、あの……」

女の声のトーンがあきらかに変わっている。そこに憐憫といえる甘さが加わっていた。

「あの、服部さん、ちょっと今、席をはずしてるんですよ」

一瞬であるが、克己が両手を合わせ、女子社員に向かって拝んでいる姿が見えた。妙子の会社でも、男性社員が時々そういうポーズをとることがある。頼むから留守ということにしておいてくれという合図である。まさか、そんなことがあるはずはないと妙子は考える。だからさらに強い口調で尋ねた。

「それならば、いつ席にお戻りなんでしょうか」

「えーと、ちょっとわかりかねますけれど」

OLをしている妙子には、それがいかに不自然かということがすぐにわかった。

「あの、服部さんは社内にいらっしゃるんですか」

「ええ、そうだと思いますよ」

「それならば、お帰りになり次第、野田のところまでお電話くださるようにお願いしたいんですけれども」

「はい、はい、わかりました」

女はほっと救われたような声を出した。彼女の背後から午後のオフィスのざわめきが聞こえてくる。電話の鳴っている音もした。その中で克己が息を潜めているような気がして仕方ない。

妙子は自分の席に戻り、パソコンに再び目をやった。もしかしたらと思い、メイルを確かめたが、何も入ってはいなかった。その後頼まれていた表を作成し、何枚かプリントアウトした。時計を見る。一時間経過している。けれども電話はかかってはこない。妙子は立ち上がり、さっきの公衆電話に急いだ。テレフォンカードを入れる。3という数字が表示されて妙子は不安になる。もし克己が出て、さっき出かけていたことの言いわけをしたりしたら、きっと長電話になるはずだ。3という残りの度数で間に合うのだろうか。

「あの、さきほどお電話した野田ですけれども、服部さん、お戻りになりましたでしょうか」

「あっ、服部さんですね」

女の声に今度は困惑が混じっている。

「服部さんはまだ戻ってないんです」

普通社内の人間は〝服部〟と呼び捨てにするが、女は〝さん〟をつける。それは妙子と克己との関係を知っているからだ。

「いつ、お戻りになるんですか」

「ちょっとこちらではわかりかねます」

「それでは、お戻りになったらお電話下さるようにお願いいたします」

「はい、わかりました」

一時間半前と同じ会話が繰り返された。妙子は自分の席に戻り、キィボードを打ち始めたが全く仕事にならなかった。電話の女に拝むポーズをしている克己の姿が、はっきりと浮かんでくる。彼は本当に自分を避けているのだろうか。

少し考え過ぎだと妙子は、キィを打つ手を休める。どうしてこんなに克己のことを疑うのだろうか。それは彼が電話をかけてくれないせいだ。たった一本、彼が連絡をしてくれさえすれば、すべての疑いは晴れるというのに。

ごめん、ごめん、ずっと外に出ていたもんだから。

いつものような早口で、彼はさまざまな釈明をするはずだ。

ちょっとさ、仕事でごたごたしていてさ、外に出っぱなしになっていたんだよ。ケイタイをかけられる情況でもないしさ、すぐに連絡したくても出来なかったのさ。

そのひと言を聞かせてくれさえすればいいのだ。理由を聞きさえすればことは簡単なのだ。妙子の疑いなど、後に笑い話になるに違いない。彼が電話をかけてくれないばかりに、妙子はつまらぬことをあれこれ考える。

が、やはり電話はかかってこなかった。二時間妙子は我慢した。けれどももう耐えきれなかった。もう一度公衆電話のボタンを押す。

「あの、さきほどお電話した野田ですけれど……」

「はい……」

妙子と女との間に沈黙があった。

「まだお帰りじゃないんでしょうか」

「はい、戻っておりません」

「いつ、お戻りなんでしょうか」

「こちらではわかりかねます」

「外から連絡はないんでしょうか」

「まだないんですよ。連絡がありましたら、ご伝言は必ず伝えるんですけれども」

とっさに嘘だと思った。サラリーマンがこんなに長い時間、電話をしないということなどあり得ない。けれどもどうして克己が嘘をつかなければならないのだろうか。自分がいったいどんなに悪いことをしたと言うのだろうか。最初、妙子は克己のことをあまり好きではなかった。まるで騙すような形で、突然抱きすくめたのはあちらの方だ。

僕は妙ちゃんに夢中なんだ。最初に会った時から忘れられなかった。本当にこんな気持ちになったのは初めてなんだ……。

ああ、あの時の克己の言葉を、この電話の女に教えてやることが出来たら。

「それじゃ、お戻りになったらお電話をください」

「はい、必ずお伝えします」

受話器を置いたとたん、妙子の瞼が熱くなった。もう少しで涙が出てきそうになった。どうしてなんだろう。自分が彼に対して、いったいどんな悪いことをしたと言うのだろうか。


電話がかかってきたのは、その夜十一時きっかりであった。妙子がどうしてその時間をしっかりと記憶したかというと、妙子はひとつのことを課したからである。水曜日の十時に、妙子が毎週見ている恋愛ドラマがある。これを見るために、残業も断わって帰ってくるぐらいだ。が、克己のためにその至福の時を捧げようと思った。自分がのんびりとドラマを見ていたりしたら、きっと電話はかかってこない。ひとつのものを得るためには、もうひとつの大きなものを犠牲にしなければならない、誰に教えられたわけでもないけれど、それは妙子の人生の流儀というものであった。

そして電話は鳴った。最初の音を聞いた時から、妙子はその電話が誰からかかってきたかちゃんとわかっていた。

「もし、もし、オレだよ」

けれども克己の声は低かった。男の機嫌のよし悪しは、はっきりと声に表れる。女のように芝居をしない分、それはずっと正直であった。

「あ、克己、私、ずっと電話待っていたのよ。ねえ、いったいどうしたの」

「あのさ、ちょっといい加減にしてくれよ」

彼の口調は、妙子の待ち望んでいた釈明とはまるで遠いところから聞こえてきた。

「会社に何度も電話してさ。オレ、隣りに座ってるコから、さんざん嫌味言われたぜ。五回も六回もかけてくるなんて、よっぽど悪いことしたんじゃないかってさ」

「五回もなんてかけていない。三回ぐらいだと思うけど」

「同じようなもんじゃないか。あのさ、何度も話したと思うけど、うちの会社って、いま大変なわけ。それでオレもがしがしに頑張っているわけでさ、そういう時に電話をしつこくかけられたって、はい、わかりましたって電話をかけられないんだ」

「本当に悪かったと思うわ……」

本当に克己は疲れているらしい。これも自分とデイトをしないせいだ。ついこのあいだまでそうしていたように、二人で会っておいしいものを食べる、そしてお酒を飲む。妙子が愚痴を聞いてやる、二人で彼の部屋へ行きセックスをする、ああ、あの楽しい行為をもう一度繰り返しさえすれば、彼はすぐに元気になるのにと妙子は思った。

「だってこの頃、ちっとも会ってくれないんだもの」

妙子は拗《す》ねる。拗ねるというのは、文字どおり幼い子どもに戻るということだ。だからすぐに頭を撫でてくれたり、甘い飴をくれたりしなければ困る。それなのに克己は、妙子が待っているものをなかなか与えてくれようとはしない。

「だからさ、ヒマになったらこちらから電話をするよ」

「それって、いつなの」

「わかんないよ。てんで見当がつかない」

「本当にお仕事、大変なのね」

「ああ、大変だよ」

そこで克己は言葉を切った。

「とにかくこちらから電話をするよ。だからさー、しつこく会社にかけてくるのはやめてくれよ」

「しつこくなんてかけていないわよ」

「あ、やっとタクシーが来た、じゃーな」

ここで電話は切られ、妙子は取り残される。手にした受話器からは、ツーツーという機械音が聞こえてきた。それは昼間の女の沈黙によく似ている。とにかく電話を切りたいという思いが込められた音だ。いったいどういうことなのだろうかと、妙子は混乱している。

これはフラれたということなのだろうか。今の電話には、愛情はおろか好意の切れっ端さえなかった。せわしない苦情が続き、そしてせわしなく電話が切られたのだ。この電話の冷たさは、男の心変わりを表しているのか。いや、そうではないと、妙子の中の別の声がする。克己は自分とつき合い始めてから、まだそう時間がたっていないのだ。そしてこれが何よりも大切なことであるが、熱心に進んできたのは克己の方なのである。そう気乗りしていなかった妙子の心を揺るがし、力ずくでこちらを向かせるようにしたのは誰だったのだろうか。

これが妙子の方で仕掛けた恋ならば、少々の理不尽さや屈辱も我慢しよう。けれどもこれは違う。好きだ、愛している、という言葉をふんだんに、もうむせそうになるほど大量に投げつけてきたのは克己だったではないか。

腹立たしさと怒りで、妙子はしばらく息が出来ない。この苦しみが続いたら、自分はもう会社に行くことはおろか、食事をすることも街に出ることも出来ないであろう。ただひとつ救われる道は、

ひどいわ、ひどいわ、

と泣きながら、両のこぶしを克己の胸にぶつけることであった。そうだ、つき合い始めてすぐの頃、小さな事件があった。ささいなことから喧嘩が始まり、妙子はわっと泣き出したものだ。ひどい、あんまりだよと、こぶしでバカ、バカと克己に突っかかっていった。けれども妙子の両手首は、空中でやさしくつかまえられたものだ。

そんなに怒るなってば。妙子って思ったよりも気が短かいんだな。

手首だけでなく、肩も克己につかまった。そして抱き寄せられキスをされた。そう、今

度も同じような解決の方法があるはずであった。とにかく会う。そして涙を流す、克己の不実を責める。彼が謝る、仲直りする。

妙子の中で単純で素敵なストーリーはただちに出来上がった。とにかく会わなければいけないのである。最初はちょっととまどったり、嫌な顔をするかもしれない。けれども妙子が泣いて、克己の胸の中になだれ込んだら、それですべては解決するはずである。克己は仕方なく、という感じでキスをするかもしれない。けれどもすぐに情熱的なものに変わるはずだ。なぜなら妙子の唇はやわらかく、ぷっくりしていて可愛らしいとよく克己は言っていたものである。そして克己とつき合い始めてから、妙子は舌を使うことを憶えた。キスばかりではない、セックスの時に体のいろんな部分を全開にして活動するのだということも、妙子は知りつつある。仲直りのために、妙子はどんなことでもするつもりだ。それを望むというのならば、娼婦のように振るまってもよいとさえ思う。

妙子は着ていたセーターとジーンズを脱ぎ、ニットのワンピースに着替えた。もう風呂に入っていたけれども、ちゃんとファンデーションを塗り始める。その方がずっとよかった。水分を吸った肌は、白粉《おしろい》をはたくと甘やかににおうようであった。いつもはペンシルだけれども、リキッドのアイラインを入れる。そうすると目がはっきりとして、大人っぽい雰囲気になる。グレイの一枚仕立てのコートを羽織った、衿のところが愛らしいこのコートを克己はまだ見ていない。もし目にしたらきっと誉めてくれるだろう。

まだ最終までには充分間に合ったから、私鉄の駅に出てそれから地下鉄に乗り換えた。いつもなら四十分もかからない距離なのであるが、電車の本数が少ないため、克己の住む駅に着いた時は既に真夜中を過ぎていた。短かい行列の後ろにつき、タクシーに乗った。彼のアパートは車で十分もかからない。

そう古びてはいないけれど、安普請《ぶしん》ということがひと目でわかるコンクリートの建物の三階の、右から四つめが克己の部屋だ。予想していたことであったが、部屋の電気は消えていた。妙子は待つことにする。表玄関のガラスの扉を押して簡単に入ることが出来た。このアパートは、廊下の片側が外に面している。二人で一緒に帰る時、克己が鍵を開けている間、妙子は夜景を見るのが好きであった。アパートの横は駐車場になっていて、そのあたりが妙に建物が抜けている。おかげで遠いはずの新宿副都心の灯がはっきりと見える。が、今はその四分の一もついていない。あたりは驚くほど静かだ。妙子はハンドバッグの中からチューインガムを取り出し嚙み始めた。パチンコを時々する克己が、以前箱の単位でくれたことがある。それを少しずつ大切に食べてきたのだ。クチャクチャとわざと音をたてて嚙む。コートを着ているのに、初冬の冷たさが、コンクリートや鉄の階段といったものを伝わり、四方から押し寄せてくる。

その時妙子の耳は、車が近づいてくる音をとらえた。緑色のタクシーが角を曲がり、郵便局の前を通りすぎる、そして停まった。中から克己が出てきた。見憶えのあるトレンチコートを着ている。妙子はトレンチコートを着た男が大好きだ。これを見ただけで胸をぎゅっとわし摑みにされたような気分になる。ましてや好きな男ならなおさらだ。

彼が玄関に入ってくるのが見えた。もうじきエレベーターに乗る、そして妙子の立つこの階に着く。妙子は姿勢を正した。低くうなるようなエレベーターの音、もし恋人を待っているのでなければとても不毛な音に聞こえただろう。けれどもこれは違う。恋人を中に入れ、運んできてくれる箱の音なのだ。

ドアが開いた。こんな時刻でも克己の足音は早めで陽気であった。まるで靴底が口笛を吹いているようだ。

彼は自分のドアの前に立っている女が、とっさに誰かわからないようであった。目をこらすように細める。が、それはすぐに大きく見開かれた。

「お前……」

「うふふ」

妙子は笑いかけた。悪戯《いたずら》を見つけられた童女のように笑ったつもりだ。

「どうしても会いたくなったから来ちゃったの」

「困るよ、こんなの困るよ」

克己の唇は閉じたり、開かれたりする。男の目の中に困惑が拡がっていくのが意外であった。その困惑の濃度ときたら、恐怖とさえ見えるほどだ。が、もう少しだと妙子は思う。

克己のアパートの中に入り込みさえすればいいのだ。少々の喧嘩の後、セックスをして睦言をかわす。それさえ出来れば、妙子の目的はかなうのである。そう長くは生きていないけれど妙子にはわかる。男と女というものは、いったんベッドに行きさえすればいいのだ。そうすれば悩みの八十パーセントは解決出来るはずであった。

「夜遅く突然来たりしてさ、非常識だよ」

こんなきつい目になれるのも今のうちだけだと、妙子はさらににっこりと微笑みたくなってくる。

「でもね、会いたくなったんだから仕方ないじゃないの」

「だからさ、今仕事で忙しいんだよ。会える時になったら電話するって言ってるじゃないか」

あたりをはばかって、克己は小声になる、何ていう見栄っぱりの男だろうかと妙子は次第に苛立ってくる。ここで遠慮して喋るよりも、一刻も早く部屋の中に入れてくれればよいではないか。

「寒いわ」

妙子は言った。

「早く部屋に入れて」

あなたにもう一度チャンスをやろう。私たちは謝罪し合い、誤解を解き合い、そしてすぐに抱き合うのだ。

「冗談じゃないよ、早く帰ってくれよ」

克己は妙子を見る。その目の中に新しいもの、怒りが加わったような気がする。

「君のこういうところが、たまんなくなったんだよ。後でちゃんと謝る。だから今日のところは帰ってくれよ」

彼はドアを開け、すばやく身をすべらせたかと思うとものすごい早さでドアを閉めた。

妙子はひとりとり残される、あっけにとられているのだ。二人はあれほどうまくいっていたではないか。克己は妙子のことを好きだと言い、愛しているとも言った。何度もしつこいようであるが、この恋はあちらが仕掛けてきたものなのである。

世間の誰に聞いてもいい。これほど理不尽な話があるものであろうか。

明日は克己の会社の方に行こうと妙子は思う。今日、克己は仲直りのチャンスを自ら逃してしまったが、明日は妙子の方から与えてやってもよい。

ふと目を上げると、さっきまで強い光をはなっていた副都心のネオンがひとつ消えた。

それは何かの吉兆のように妙子には思われる。

ラマダーンの生贄

十年前、私はもうなくなってしまった日本航空南回りの機内にいた。

今思えばあれは、馬鹿馬鹿しくなるほど遠まわりのゆっくりとした航路であった。日本からアテネまで、十五時間をかけ地球を半周するのである。アテネに行くなら、北回りでパリから入る方がずっと近い。途中のバーレーン、クウェート、サウジアラビアといった石油景気で沸く国々へ、日本のビジネスマンを運ぶための便である。

といっても九月のその月は、ラマダーン月であった。イスラム教徒たちが一ヶ月間、日の出から日没まで断食をする月である。おそらく商談などには不向きの時だったのであろう。私が座ったビジネスクラスのあたりも、そうした風の男たちはほとんど座っていなかった。観光客がほとんどで、タイのバンコックに着くと、乗客の九割は降りてしまったのではないだろうか。

当時バブルの真最中で、やたら客席を増やしたビジネスクラスに残ったのは、私と白人の家族連れだけになっていた。

「お飲み物はいかがですか」

バンコックでクルーは交替となり、入社三、四年といったところであろうか、若いスチュワーデスが、私の席の担当になった。口のまわりの吹き出物が目立つもののかなり美人の彼女は、まだ元気はたっぷりある、といった風の笑顔で話しかけてくる。

「それじゃ、ジン・トニックをお願いします。ジンはわりと多めに入れてね」

「かしこまりました」

彼女は、ちょっと狎れ狎れしいほど不自然に頷いてみせた。私への好奇心をあからさまにしている。そりゃあ、そうだろう。ビジネスクラスに客はふた組しかいない。私は彼女とたいして変わらない年齢の若い女で、後ろのエコノミー席の倍の料金を払い、しかももの慣れた風に飲み物を注文するのだ。どういう素性の女か気になるのは当然ともいえる。

「杉本さま」

名簿を見たのだろう、グラスを手渡しながら名前で話しかけてきた。

「アテネまでご旅行ですか」

「ええ、でもアテネは一泊だけして、後はイスタンブールへ行くんです」

「まあ、イスタンブール……」

スチュワーデスは、これは素直に羨まし気なため息をついた。

「あそこはいいところらしいですね。私も一度行ってみたいと思ってるんですけれど、うまくタイミングが合わなくて……。杉本さんはよくイスタンブールにいらっしゃるんですか」

「いいえ、私も初めてなんですよ」

「まあ、それはお楽しみですね」

彼女の唇の脇の吹き出物は、出しかけた言葉を抑えるためにかすかに震えている。職業的訓練が、これ以上立ち入った質問をすることを自重させたのだ。が、彼女がもし私の隣りに乗り合わせたただの乗客だったら、当然こう尋ねたに違いない。

「イスタンブールなんて、なかなか普通の観光客は行かないわよ。あなた、貧乏パッカーでもないし、ビジネスクラスに座っている。見た目もすっごくおしゃれだわ。それなのにひとりでイスタンブールへ行くなんて、どうして、どうして。あそこで誰かと待ち合わせしているの?」

私は気のよさそうな若いスチュワーデスに打ち明けてみたいような誘惑にかられた。

「イスタンブールに彼が待っているの。私、彼に会うためにこうして飛行機に乗っているのよ」

けれども私はアテネに到着するまで沈黙を守った。これは私にしては珍しい行為といわなくてはならない。なぜなら私は東京の仲間たちに、この恋の冒険談をさんざん吹聴していたからである。

それはどこから見ても立派で純で、しかもドラマティックな恋であった。私のまわりで最近、これほど素敵な恋を聞いたことはなかった。なにしろ私の彼はクウェートの砂漠で働くエンジニアなのである。これだけでも皆の賞賛を集めるのには充分だ。そして熱い手紙を毎日のように交している私たち二人は、ついにたまらず日本とクウェート間で落ち合うことにした。そして彼が指定してきた場所がトルコのイスタンブールだったのである。イスラム教徒たちは長くつらい断食月が終わったら、それっとばかりにお祭を始める。会社や学校も休みになる。それにならって、彼の所属しているプロジェクトも四日間、操業を停止するのだそうだ。その時にクウェートからイスタンブールへ飛ぶから、君も来てくれと彼は言ったのである。そんなわけで私は地球を半周して、アテネからトルコへと向かうのだ。

「まあ、なんてロマンティックなの」

女友だちは感に堪えぬように言ったものだ。

「いいわねえ……、そんな恋、一度でいいからしてみたいわ」

私は得意であった。私はまるで吟遊詩人のように自分の恋をあちこちで語り、人々を驚かせたり感心させたりした。その頃、私のいた世界では、どんな秘めごとも存在していなかった。私たちは自分の恋を、酒場のカウンターの上にさらけ出し、まわりの人々の評定をあおぐのだった。変わった恋をしている人ほど賞賛された。人妻とつき合っている、などというのはあたり前過ぎてたりして面白くない。信じられないほど嫉妬深い恋人がいて、浮気が露見しようものならカミソリの刃で、薄く男性器の皮を削がれる、などといった類の話がいちばん喜ばれた。

私はやがて自分の大切な恋が、そうした話と同じテーブルで語られることに耐えられなくなっていっただろうか。そうでもなかったと言ってもいい。こうして飛行機に乗って会いに行くその男に、実は私は二度しか会ったことがなかったのである。「ひと目惚れ」したとまわりにも言いふらし、私もすっかりその気になっているのであるが、その男のことをどこまで知っているのかと問われれば、私はおそらく困惑したことであろう。

あの頃の私の心を今、つまみ上げてあちこち眺めてみれば、さまざまな雑なものが、恋と呼ばれるもののまわりを包んでいる。虚栄心や、人々を驚かせたいという業界人独得の子どもっぽさ、そしてあの頃別れたばかりの男にこの噂が伝わるようにという虚勢。もっとはっきり言えば、私は男の肉体にどうしようもないほど魅かれていた。

何ヶ月も砂漠の中で暮らし、女と全く接したことのない男と一度寝てみるといい。都会のたらふく食べた後の情事とはまるで違う、餓死寸前の人間が、ぬるめの薄いスープを与えられた時のように、海を漂流している者が一杯の真水と出会った時のように、私は飲み干され、そして嘗めつくされた。

本当に砂漠で暮らす男と一度寝てみるといい。そうすれば大金を遣い、地球を半周して彼と出会うことがどれほど意義あることかわかるだろう。

私は自分の肉欲を空恐ろしく思うことがあった。それまでも男とつき合ってきたし、当然のことながらセックスも何度もしてきた。今までのそれを、裸の男女が激しくからみ合うさまを恋だ愛だと言い含めることの出来る余裕があった。けれども砂漠の男のそれはまるで違う。男の声やしぐさを思い出そうとすると、それはすべてベッドの上での動きになった。

男の顔は私の好みであったが、体はもう好みなどという表現を使えるものではなかった。男がすべての衣服を脱ぎ終わった瞬間、私は彼のことが一千倍好きになった。

男の肉体よりも女の肉体の方が、はるかに美しいことはよく知られている。女が優位に立てるようにと神さまがおつくりになったからだ。

じっくりと鑑賞に耐えることの出来る男などめったにいるものではない。たいていの男の胴のあたりから尻にかけての線は、ひどく間延びして見えるものだ。避妊具を着装する時、くるりとあちらを向いた時の背中のぶざまさといったらない。

けれども砂漠の男は、何から何まで素晴らしかった。スポーツ選手の飾り立てた筋肉の代わりに、厳しい生活によってついた質実な筋肉があった。その筋肉は首すじから一本に伸びて、足のふくらはぎまで続いていた。男の体はところどころ黒く灼けていた。ゴルフ灼けなどとはまるっきり別のものだ。日本人なのにあの国の人かと思うほどなめらかで、艶のある黒色であった。男は固く黒く、そしてこの上なく力強かった。私はペンチではさまれた一本の釘のように力を加えられ、そしてぎしぎしと音をたてたものだ……。

つまるところ私は男にもう一度、抱かれたくてたまらなかったのである。けれどもそれはやはり口に出さなかった。恋のために大陸を飛ぶ女は賛えられるが、肉欲のために遠い距離を旅する女に対し、人々は眉をしかめることであろう。

私は自分の恋のために、自分の物語のために、そんなことを口にしてはならなかった。自分にも言いきかせる。

「これは恋なのだ。誰にも出来ないような激しくロマンティックな恋なのだ」

飛行機が中東に入っていく。機長の声でアナウンスがあった。

「ただ今、バーレーンではイスラム教の教義により、ラマダーンという断食が行なわれております。入国検査員が機内に入って来ます際、お酒や食物類などは、なるべく目につかないところに置いてください」

そのたびに私は緊張し、厳粛な気持ちになっていくのがわかる。日本にいる時の疑問、ふっと力を抜くとすべてのことが裏返しになってしまうような曖昧さはここにはなかった。私は恋のために遠い国へ向かっている。その気持ちは既に確信となりつつあったので、私はスチュワーデスに身の上話をすることをためらったのだ。そんなことをすればようやく効いてきそうな魔法がとけるような気がしたからである。

あの頃の私のことを少し話しておかなければならない。

十年前に青春時代をおくった人ならば、私のつくった歌の題名を言えば、ああとすぐに思い出してくれるはずだ。口ずさむことが出来るものが二曲か三曲ぐらいはあるかもしれない。

その少し前から音楽業界は当たるも〝八卦式〟で、若い女性作詞家をやたら使い出していた。ちょっと詩を書く女性はもちろん、コピーライター、漫画家、作家志望の女性たちの中から使えそうな者を拾い出す、ということが流行していたのである。私は小さな広告代理店でプランナーの真似ごとのようなことをしていたのであるが、レコードジャケットの仕事がきっかけであるプロデューサーと知り合った。何か書いたら見てあげる、という言葉を真に受けてレコード会社に出入りしているうちに、ある日テープを渡された。新人歌手のための曲に詞をつけてみないか、というのである。いわゆる〝メロ先〟というやつだ。先にメロディが出来ていて、それに詞をつけるという作業は、思っていたよりもむずかしくなかった。少なくとも私のように作詞の形式もよくわからず、散文詩のようなものを並べている新人にとって、メロディが既に出来ている方がイメージがわきやすい。私以外にも何人かに依頼していたようなのであるが、結局私の書いたものが採用された。

たいして売れるはずもないと、プロデューサーも作曲家も思っていたに違いないのであるが、私にとっても歌手にとってもデビュー作となったその曲は、中規模のヒットを飛ばした。そうなるとレコード会社も黙ってはいない。再び私のところに仕事が来て、今度は宣伝に力を入れた結果、前回の倍ほどの売り上げとなった。

こうして私は二十代後半で思いもかけない大金を手にしたのである。私はすぐさま会社を辞め、外車を買ってマンションを借りた。新進作詞家として雑誌やテレビにも顔を出すようになり、ちょっとした有名人気分にひたったのも本当だ。誘われるままに夜な夜な流《は》行《や》りの店に飲みに出かけた。私は人が言うところの成功を手にしたわけであるが、たっぷりと代償は払うことになった。あまりの生活の変化に、私の精神は無理な動きをしたらしい。アルコール依存症のような飲み方をするようになった揚句《あげく》、長年の恋人と別れることになった。そして私を捨てたのは男だけではない。デビュー以来、一緒に仕事をしてきた例の新人歌手が、突然私を切ったのである。もう彼女の詞はいらない、と人づてに聞いた時、私は心のどこかでやっぱりと思ったものだ。こんなツキがそう長く続くはずはないと、ずっと疑っていたからに違いなかった。

その歌手に御用済みと言われても、他の会社やプロデューサーからの仕事はそう途絶えることもなかった。しかしもう私にはヒット曲を出す力と運がないということは、薄々みんなが感じていたはずだ。私はデビュー二年ほどで、埃にまみれた中堅作詞家になろうとしていた……。

長々と私のことを喋ってしまったけれど、砂漠の男と出会ったのはそんな時だ。友人と一緒に行ったヨーロッパ旅行の最中、アムステルダムの空港で話しかけてきたのが彼の友人だった。

「失礼ですけど、日本の方ですか」

そういう彼はとても日本人には見えなかった。大きな二重の目に厚い唇、浅黒い肌はどう見ても東南アジアの男であった。おまけに髭を生やしている。私たちの世界の男も髭をたくわえている者が多いが、私はどうも好きになれなかった。とたんに顔の下半分からうさんくさいにおいが漂ってくるようである。

「よろしかったら、ちょっと一緒にお話ししてもいいでしょうか」

私と友人は顔を見合わせた。海外でこういう手合いは何人もいる。女の二人連れと見ると図々しく行動を共にしようとするのだ。けれども追っ払ったりしなかったのは、その男の傍にもうひとりの男が立っていたからである。男は背が高かったけれども、間が抜けて見えるような高さではなかった。昔の映画に出てくる俳優のような顔をしている、というのが私の第一印象だった。時々深夜のテレビで見ることがある。金持ちの令嬢に恋してしまう貧しい労働者の青年、といった役柄の俳優にこんな顔の男がいた。顎が張っていて、涼し気な目というのはもとから私の好みの顔であったから、私は男をいささか不躾な視線で見た。男は白いジャンパーにカーキズボンという服装に白いスニーカーを履いていた。その野暮ったさがたまらなく清潔に見えた。広告代理店のＯＬから作詞家として暮らしてきた私のまわりには、絶対に存在しない型の男である。男が無口なのも大層好ましかった。私たちの曖昧な表情を承諾ととり、喋り始めたのは彼の友人の方だった。

「僕たちはクウェートで石油の採掘をしているんですよ。野郎ばっかりで暮らしていて酒も飲めないところです。だからこうして、短かい休暇でも外に出てくるんです」

アムステルダムで三日間を過ごした帰りだという。

「もう日本の女の人が懐かしくってね。ツアーしてる日本人の女性に話しかけて嫌がられちゃいましたよ」

空港の喫茶店で、私たちは二十分ぐらい話をしただろうか。記念写真を撮り、それを送りたいからといって住所を聞かれた。連れはためらっていたが、私は名刺をそれぞれの男に渡し、日本に帰ってくることがあったら必ず電話をしてくれと念を押した。もちろん髭の男の方ではなく、無口な男に対して言ったのである。

二ヶ月後、二通のクリスマスカードが届いた。どちらもクウェートの住所であった。私はどちらがあの男からかわからなかった。髭の男の名はすぐに忘れたし、もうひとりの男の名前を聞かなかったからである。だから二通のクリスマスカードに返事を書いた。心を込めて丁寧にこう記した。

「帰国する時があったら、本当に本当にご連絡くださいね」

そして最初に電話をかけてきたのは、髭の方であった。私は最初とても愛想よくしていたのであるが、電話で話すうちにあのお喋りの男の方だと気づいた。一度食事でもという髭に対して、これ以上出来ないほどすげない態度で接し、こちらから電話を切った。待ちに待った方から連絡があったのは、それから十日もしてからである。

「アムステルダムの空港でお会いした——というものですが、憶えていらっしゃいますか」

控えめな口調は、確かにあの男だと私は確信を持つ。

「健康診断のために一時帰国しています」

どうやら髭の方も同じ目的で同じ時に帰っているようであった。

「どうしてもっと早く、電話をくれなかったの」

私は彼をなじった。そんなことをしてもいいような気がした。男も素直に謝る。

「すいません、ちょっと実家へ帰ったりしていたもんで」

男の故郷は九州だという。私は本能的な勘で彼は独身だろうと思った。

「もう来週にはクウェートに帰るんですが、もしよかったらおめにかかれないかと思って」

「ええ、私、いつでもいいわ。明日はどうでしょう」

私たちは渋谷の駅前で待ち合わせをした。浦島太郎のようなものだから、わかりやすい場所にしてくれと男が言ったからだ。それではハチ公前でどうかと言うと、彼は笑いもせずにそれなら行けると答えたものだ。

そして都会の雑踏の中で私たちは再会した。もし彼に対して失望したらどうしようかとの私の危惧は少しあたっていたかもしれない。冬のことで彼はトレンチコートを着ていたのであるが、ベルトを几帳面に締めていた。その下から見えるズボンの拡がりといい、革靴の形といい、東京では完全に流行遅れのものだった。ひと言でいうと男はとても田舎くさかったのである。

「何を食べましょうか」

私はちょっと笑った声を出していたかもしれない。男が自分の夢みていたとおりの形をして現れなかったことに腹を立てていたのだ。

「和食がいい、それともやっぱりお鮨の方がいいかしら」

それよりもトンカツを食べたいと男は言った。

「クウェートはイスラムの国だから、豚肉を食べられないんですよ。だから酢豚とかトンカツにすごく憧れます」

私たちは渋谷の道玄坂にあるトンカツ屋に入った。コートを脱ぐと男は紺色のセーターを着ていた。まるで学生時代のものを大切に取っていたかのような色とデザインであった。

テーブルに着くやいなや、彼は包みを取り出した。

「お土産です。珍しくもないけれど」

機内で買ったスカーフだということは、独得のビニール袋ですぐにわかった。けれども私はとても嬉しかった。さっきまでの不機嫌さは消え、甘やかな感情が私を支配し始める。この無器用な男が、私のためにスカーフを買い求めてくれたのだ。

男はいいよ、いいよ、と言ったけれど、トンカツ屋の代金は私が払った。

「ビールをあんなに飲んで悪かったかなあ……」

男はこんな話をしてくれた。禁酒国であるクウェートの現場で、正月だけはこっそりとビールが出る。担当者が工面をして持ち込んでくれたビールである。それを二人一缶の割りあてで飲むのだそうだ。

「コップに二等分するんだけどさ、大《だい》の大人がすごい目つきで見てるんだよ、どっちが多いか少ないかって……」

トンカツ屋で大瓶のビールを二本、ほとんど一人で飲んだ彼はすっかりほろ酔い加減だった。言葉もぞんざいになり、さっきよりもずっと私に身を寄せるようにしてくる。店ではなく、自分の部屋で一杯やらないかと言ったのは私である。この時既に私は、この男と寝たいと考えていたに違いない。洋服や髪型が冴えないことを差し引いても、男は確かにハンサムであった。東京の蛍光灯の下で見ても、彼が男らしく引き締まった顔を持っていることはすぐにわかった。

男は四日後クウェートに帰るという。もし何かあったとしても全く後腐れのない相手だと、私は値踏みしていたのだ。

その頃私は富ケ谷の２ＬＤＫのマンションに住んでいた。二十代の女性にしては不釣合な部屋であった。男には作詞家をしていること、二年前にヒット曲をたて続けに出したことがあるなどと話したのであるが、彼はそうしたことには大した興味を示さなかった。それよりも私の部屋のオーディオセットをいじり始めた。職業柄、私はかなり高価なものを所持していたからである。

「何かかけましょうか」

杏里がいいと男は言い、いかにも彼らしいと私はおかしくなった。

私たちはソファに並んで腰かけ、ウイスキーを飲んだ。最初に会った時よりもすっかり饒舌になった彼は、私に聞かれるままに自分のことを語り始めた。私は男の年齢が三十三歳だということを初めて知った。まあまあの大学の土木科を卒業していることも聞き、少しほっとした。私は肉体労働者の彼に魅かれているわけであるが、大学も出ていない男と寝る趣味はなかった。そして男は二十代の終わりに結婚して、すぐに離婚したという。

「タイのダムをつくりに奥地へ行った時、半年間留守をしたんだ。その時、女房は男をつくってしまったんだよなあ」

「そんなのひど過ぎるわ」

私はしんから腹が立った。私がもし彼の妻ならばそんなことはしないだろう。ひたすら毎日手紙を書き、ロマンティックな気分にひたるはずだ。それはどんなに幸せなことだろう。

「ま、仕方ないよなあ。僕も日本で出来る仕事を探したこともあったけど、海外でダムや石油プラントをつくる、っていうのは僕の子どもの時からの夢だったからな」

その話に私はさほど感動しなかった。それよりも私は少し苛立ち始めていた。もう午前一時を過ぎている。私の部屋に来てから、男は当初の初々しさが消え、ウイスキーはバーボンがないのかなどと要求をする。スリッパごしに見る男の靴下は白いソックスだ。今どき白いソックスなど見たことがない。そして男の言葉ににじみ出る強い訛り……。酔うほどに男は欠点を私に見せ始める。こういう時は手っとり早く寝るしかないではないか。私は酔ったふりをして、男の肩に頬を寄せた。男が体の向きを変えた。そして私をいったん床にひざまずかせ、自分も同じ姿勢をとった。そして長いキスをした。

彼は無言だった。彼は私のベッドルームがどこにあるかも、私がベッドのサイドテーブルに自分で避妊具を用意していることもすべて知っているかのように振るまった。私たちは明け方までに三回愛し合い、次の日の昼間ソファの上でもう一度セックスをした。そして彼はいったん会社が借りている神奈川の宿舎に戻り、次の日友人の車で現れた。お別れに海にドライブしようというのだ。あの日の湘南の海と、車内で起こったことを私は一生忘れないだろう。渋滞にひっかかったり、信号で停まるたびに、彼は必ず片手を伸ばし、私の指を握った。一本一本いとおしむように撫で、そして軽く爪を立てたりする。ベッドの上でもそうであった。私はこれほど貴く美しいもののように扱われたことはなかったと言っていい。それは私へ対する愛情だったのだろうか。いや、違うと私は思う。砂漠から帰ってきたばかりの男なら、みんな女をそんな風にして抱くはずだ。けれどもそれが何だろう。体をいとしく思われることと、心をいとしく思われることと、どれほどの違いがあるのだろうか。男は女の体がとても必要で、あの時の私は物語を欲しがっていた。私たちの利害は見事に一致していたのだ。けれどもそれが何だろう。世間のほとんどの男女は、それを恋と言い含めて自分たちに信じ込ませようとする。だから私たちもそうした。

二日後、彼は成田から発った。あの髭の男など数人の仲間と一緒に飛行機に乗るので、送りにこなくてもいいと言われていたのだ。その代わり、飛び立つ直前に電話をくれた。

「あのね、私、あなたのこと、すごく好きなの」

「僕は——」

男はそこで言葉を区切った。英語のアナウンスが大きく聞こえた。

「僕は、愛してるよ」

私はその日、目が腫れ上がるほど泣き明かした。これほど幸福に甘く泣いたことはないと思った。それからラマダーン明けの休暇まで五ヶ月、私は毎日手紙を書き、そしてダイエットに励んだ。

旅行代理店にくれぐれも頼んでおいたので、ホテルの部屋はマルマラ海に面したツインだった。私はゆったりとバスをつかい、乳液を体の隅々まですり込んだ。ちょうど十年前、二十九歳の私はいちばん美しかったのではなかろうか。ダイエットは面白いように成功し、お腹もウエストもすっきりと整っていた。あの頃はまだ珍しい全身エステに通っていたから、私の肌はどこもなめらかで輝やいていた。

私は東京で五ヶ月間、誰とも寝ていなかった。それは彼にしても同じだったろう。

「君のことを毎晩夢にみる」

と彼の手紙に書いてあった。彼の手紙を一回友人に見せたところ、手ひどいことを言われた。こんなに漢字とボキャブラリーの少ない手紙は見たことがないというのだ。が、それは彼女の嫉妬だと思う。クウェートの切手が貼られた砂漠からの手紙を貰える女が、いったい日本に何人いるだろうか。私はだから日本でいちばん美しい女にならなければならなかった。彼が毎晩夢に見て渇望する女、そのとおりの女でなくてはいけないのだ。

そしてその女をラッピングするための衣裳を私はたくさん用意していた。アテネで一泊、イスタンブール三泊という短かい旅だったのに私は大きなスーツケースいっぱいの洋服を持ってきたのである。男の好みに合わせて、私は最近めったに着たことのない保守的な服を選んだ。白い麻のスーツ、そして食事に行くためのジョーゼットのワンピース、軽快な七分パンツ、そして私は下着の包みをそれこそ山のように持参していた。どれも絹のそれはそれは高価なものばかりだ。これに触れる時、男がどれほど感激するか、私は想像することが出来た。それにしても私の体が、これほど人に喜ばれ、感謝されたことがあるだろうか。

　私は幸せだった。日本にいた時の迷いや疑問は今はまるでない。抱かれるためだけに日本からやってきた女、それが私だ。ラマダーン明けの祭りには、ご馳走をつくるためにたくさんの羊や牛が殺されると聞いた。私も生贄になる獣のひとりなのだ。今夜、私は喜んで体を割《き》かれ、血の代わりにたくさんの液体を流すに違いなかった。そのために私は飛行機に乗ってきたのだ。

　そして陽が暮れようとしていた。ホテルの窓からは夕陽が見えない。ただ黒味を帯びていく海が見えるだけだった。

　私は完璧だった。化粧もうまくいったし、黒いシフォンのワンピースは新品で私にとてもよく似合っていたはずだ。私はベッドに腰かけ、ドアに全神経を集中していた。男がもし来なかったらどうしようという不安はまるでなかった。男への大きな信頼で私はとても落ち着いていたと思う。アメリカ資本の巨大なホテルは、夕方だというのにしんとして物音ひとつしない。もしかしたらエレベーターの音や、廊下での話し声がしたかもしれないが、私には何も聞こえなかった。彼のノックの音を聞くまでは。

軽くドアを叩く音がした。私は靴を履かずにドアに走り寄った。ドアを開ける。男は少し髪が短かくなり、東京で見た時よりもはるかに陽に灼けていた。彼も少し照れていたのか、「やあ」とまず言った。それで私もすぐに抱きつくことなど出来なくなってしまった。

「私、来たわ……」

うん、と男は頷き、ドアを後ろ手で閉めた。そして三、四歩進むともう待ちきれないという風に私を抱き締めた。長い長いキスであった。男の唇は少し塩辛い。砂漠での生活が男の体の塩分を高くしているのかもしれない。私は彼が送ってくれた写真の何枚かを思い出す。ヘルメットをかぶり作業服を着ている写真がいちばんよかった。もう一枚はジーンズ姿だ。後ろにコンテナがみえる。

「ここが僕の住んでいるところです」

と写真の裏面には書かれていた。可哀想な私の恋人。どれほど辺鄙《へんぴ》な土地で生きているのだろうかと私は泣きたいほどせつなくなったものである。

キスが終わった後、彼は少し後ずさりゆっくりと私を眺めた。あの時、彼の目の中にははっきりと私への愛情があった。そうでなくて、どうして男があんなにやさしく静かな目をするものだろうか。

「頑張ったね」

それは美しくなった私への賞賛であったのだ。彼は私の腰をつかみ、ひょいと持ち上げた。

「よく頑張ったね、えらいぞー、えらいよ」

私を持ち上げたまま、半円に体を揺らした。まるで幼女のように扱われ、私は笑い声と悲鳴を同時に上げる。

「離して、離してよ」

私はどさりと降ろされた。けれども元の位置ではない。ベッドの上であった。私たちは四本の腕をフルに使い、お互いの着ているものをすべて脱がせた。彼にゆっくりと見てもらうはずであったシルクの灰色のスリップは、破れんばかりの勢いで下にずり下げられる。

彼は私をとても優しく扱ってくれるが、時折乱暴な面も見せる。それは私に、彼が寝た外人の娼婦たちを連想させた。東京で彼に尋ねたことがある。もしどうしても欲望をコントロール出来なくなったらどうするのか。彼は言ったものだ。町に出て行って女を買う。でもとても臭いんだ。体臭が強くてたまらないんだよ。でももうそんなことはしない……。

二人ともすっかり裸になると、彼の動きは再び穏やかになった。彼はまず舌で私の体を味わおうとする。額の髪の生えぎわ、耳の後ろ、首すじと、彼の舌が通るところはまるでカタツムリが歩いたように唾液で濡れていく。そしてカタツムリがいちばん念を入れて通りまわったところは私の乳房である。彼は掌ですくい上げ、そして押しつぶしたりを繰り返しながら、舌触りや硬さを確かめようとするかのようであった。

そしてカタツムリはゆっくりと行進をする。臍《へそ》の穴の中を何度か往復したかと思うと、それはすうっと下に降りていった。東京での経験から私は彼がそこへの愛撫をすることを知っていた。だからさっきバスでも念入りに石鹸を使ったのである。が、今夜の彼は東京とは比べようもないほど執拗であった。私の足は高く掲げられ、大きく拡げられた。部屋のあかりを消す余裕など無かったから、私はひどく恥ずかしい姿勢を取らされたことになる。けれども私に躊躇などまるでなかった。今夜の私は貢ぎ物なのである。祭壇に供えられた後は、屠《ほふ》られる運命にある獣なのだ。その獣に羞恥などどうして起こるだろうか。

彼は私の隅々まで見つめているかのようであった。そして舌が入ってくる。その動きの巧みさは、私にいつも一抹の不安を与えるのだった。男らしく素朴な外見とは違い、彼はどうしてこのような精緻な技術を身につけたのだろうか。それはやはり私に、褐色の肌の娼婦たちを思い出させるのである。

といっても、その不安はほんの一瞬に過ぎない。あまりの心地よさに私は我を忘れてしまうからである。

そして半分気を失った私の下半身を持ち、男はベッドの上をひきずっていく。ベッドのヘリがちょうど私の尻の下に来たところで男は床の上に垂直に立つ。私の体と男の体はカタカナの〝ト〟の字となった。そして男は私の太股をつかみ、自分の体に引き寄せていく。もう既に私の位置を確保しているかのようであった。男の性器は平行に正確に入ってくる。激しいピストン運動が始まる。前戯の優しさとはまるで違う力強さだ。よほどの腕力がなければ出来ない体位は、私にあまりにも早い到達をもたらす。けれども彼はまだ私のところへは来ない。彼が低いうめき声を上げたのは、私をベッドに手をつかせ後ろから入ってきた時である。

結局食事に行くこともなく、私たちは朝までにもう二回ほどセックスをし、目覚めてからお昼までにもう一度愛し合った。

「友だちに言われたわ」

シャワーを浴びてきた私は、彼の顔にふわりとタオルをかぶせる。

「少しは観光してきなさいって。ホテルに閉じ籠もってないで、トプカプ宮殿とかも見なさいって」

彼はタオルをどかしながら、卑猥な冗談を言った。それは彼にはあまりふさわしくないほど下品なものであった。が、私はそれで気分を悪くすることもなく、バスローブを脱いでコットンのワンピースに着替えた。私たちはようやく観光というものを始めたのだ。

あの時二人で行った市場や宮殿を、今となって私は何ひとつ憶えていない。ただしっかりと二人手を握り合っていたことだけは、はっきりと思い出すことができる。イスタンブールはどういうわけか、男の二人連れが手を握って歩いている。ホモセクシュアルというわけでなくそういう風習らしい。ただしイスラムの国なので男と女が人前で仲よくすることはない。手を握っているだけで、私たちはたくさんの視線に遭ったものだ。

私たちはボスポラス海峡を見ながらガラタ橋を渡った。この橋を渡ると、旧市街から新市街へ移ることになる。白い服を着たたくさんの人々が、橋の上、橋の下にうごめいている。みんな同じ白い服を着ているので、まるで虫たちが何かにたかっているようだ。懐かしいにおいが漂ってくる。それは鯖《サバ》を焼くにおいであった。

「お醤油をつけて食べたらおいしいわよね」

私が言うと男は笑った。あの時、私が何か言うたびに彼は笑ったものだ。

その夜はホテルで教えてもらったロカンタと呼ばれるトルコ料理のレストランへ入った。観光客相手の店だったらしく、濃い化粧のベリーダンスの女が踊っていた。私たちの席の後ろに来てポーズをとった。ポラロイドカメラを持った男がやってきて一枚どうかと言う。私たちは承諾した。

その写真は今も私の手元にある。ジャンパー姿の男の傍で、白麻のスーツが微笑んでいる。私は幸福そうだがちょっと疲れた顔をしている。あたり前だ。長旅の後にほとんど寝ずに、何度もセックスをしたのだから。

そして私たちはその後も、ほとんど同じような日をおくった。夜は食事をした後、すぐさまベッドへ行き、次の日は昼頃起きる。出来るだけ遠出をしないで二人で歩けるところばかり選んだ。

そして別れの日が来た。イスタンブールの空港で、私たちはぎりぎりの時間まで手を握り合っていた。クウェートへ帰る男の便の方が早い。それも私にとって大きな悲劇のように思われた。

「もう私、あなたと別れたくない。ねえ……どうしたらいいの」

「ねえ、私たちきっと一緒に暮らせるわよね。もう離れ離れになることはないわよね」

まわりが外国人ばかりをいいことに、私はさまざまな愛の言葉を口にしたものである。彼の飛行機を見送った時は本当に涙が出た。ひとり泣きながら、これを映画にしたらどんなに素敵だろうとふと思ったものだ。

彼とはその後二回ほど日本で会ったが、二回目は別れ話になった。別れ話といってももう何回も会っているわけではないのであっさりしたものであった。

そして十年の月日が流れ、引越をしようとした私は一枚の写真を発見する。イスラム風の台紙に貼られたその写真は、すっかり色が変わっている。ベリーダンスの女と一緒に写したものだ。その時、私はあれほど好きで、あれほど濃密なセックスをした男の名前をすっかり忘れていることに気づいた。

イスタンブールの街も、宮殿も、海の色もほとんど思い出せない。それなのに私はラマダーンという言葉を聞くと今でもぴくりとするのである。昼の街の記憶は遠ざかっていくだけだが、夜の男の記憶だけは、今も私を狼狽させるほど鮮やかになるばかりなのである。

お元気ですか

夜、本を閉じ、あかりを消して寝ようと思った時、ふとその声が甦った。悠一がささやいている声である。何度となく聞いた、寝室の闇の中での声だ。

「千晶、好きだよ……本当だよ……」

思い出の中で声は消えると、誰かが言っていたけれどもそんなことはない。悠一というのは、顔よりもしぐさよりも、まず声を思い出させる男である。

彼は東京育ちだけれども、小学校の途中まで神戸で暮らしていた。そのせいかふとした拍子に、やわらかい関西弁の語尾になることがあった。関東の女というのは、関西の男の口説きに弱いが、これは言葉のぐにゃりとした魅力によるところが大きい。悠一もその効果を充分に知っていたようで、ここぞと思う時に、わざとらしいイントネーションを使ったものである。それはベッドの上でのことが多かった。彼の低い、いくらか鼻にかかった声と、その関西訛りはとても似合って、私はいつもうっとりと体を放恣《ほうし》に開いていったものだ……。

　ここまで思いをめぐらした後、私は馬鹿馬鹿しいとタオルケットを乱暴にひき上げた。悠一と私とは一年半前に別れているのだ。もうちょっと頑張ってみようと言った彼に、私は大声で叫んだものだ。

　私の性格を知っているでしょう。私はギリギリまで我慢するけれども、それを越したらもう駄目よ。一分一秒も耐えられなくなるの。慰謝料だっていらないし、もう何も欲しくはないの。とにかく今すぐ別れて欲しいのよ。

　あの頃の私は最悪の精神状態であった。仕事もうまくいかず、取引先に大きなトラブルが起こり、それはすべて私の責任ということになった。そんな時に悠一の浮気が発覚したのである。相手は女子大生だったのだから驚いてしまう。いくらプロモーション会社というやくざな職業に就いていたとしても、三十四歳のおじさんがどうして二十歳の女の子に手を出したりするのだろうか。

　出張ということで大阪へ二泊したついでに、その時に悠一は彼女と京都を旅行したらしい。その時の写真を偶然なことから見つけてしまった。髪の長い今どきの女の子、といった感じである。まぁ美人の類に入るかもしれないが、薄い唇と描いた眉の形で気が強そうな女の子、というのが私がまず抱いた印象だった。そしてこの印象は的中していて、彼女はうちに電話をかけてくるようになった。ご主人をもうこれ以上苦しめないでと懇願してくるかと思うと、私もつらいんですと泣いたりする。本当に最近の若い女の子の考えていることはわからない。今の時代、不倫というのはそう珍しいことでもない。彼女にしても、結婚までのちょっとした寄り道ぐらいに考えていたのではなかろうか。それならばもっと上手に静かにやってくれないものか、などと考えた私は、おそらく夫に対してかなり醒めた感情を抱いていたに違いない。

実は悠一の浮気はこれが初めてではなかった。六年間の結婚生活で、私が知っているだけでも二度はあった。悠一は不器用な性質《たち》でずぼらなところが致命的だ。ジャケットのポケットからくしゃくしゃになったドラッグストアのレシートが出てきて、それにコンドームなどと打ち込まれていたこともある。アメリカ製の面白い形のものがあったから、ゴルフの景品に買ったのだなどと、彼は苦しい言いわけをし、私はすっかりあきれてしまった。怒り泣き、時には彼を激しくぶちながら、それでもこのことを一刻も早く忘れたい、早く彼を許したいと思ったのだから、やはりあの時はまだ彼のことを愛していたに違いない。

それがある日、すうっといろいろなものが消えていったのである。あの時の心の動きをいったいどう言ったらいいのだろうか。花瓶の底に知らぬうちにヒビが入っていて、気がついたらすべての水が無くなっていた。そんな表現がいちばん正しいかもしれない。

私は嫉妬とか愛とか憎しみといった感情は、人間が生きて、心を持ち続けている限りずうっと続くものだと思っていた。が、それは違う。どれほど強く心を占めていたものもいつかは消えてしまうということを初めて知った。それも徐々にではない。ある日突然に、多くのものが消え去ったことを、私は今でも魔法のように思い出す。自分でも自分の心の変化にあっけにとられた。そして同時にやわらかくあたたかいものが、ひたひたと私を包んだ。これで別れられる。私の心の中で誰かがつぶやいた。これでもう大丈夫だよ。

あれが安らぎという優しい心の波だったと気づいたのはそれからずっと後だ。悠一との離婚手続きが終わってからだった。別れる哀しみよりも、安らぎの方がずっと大きかった、と私が言ったら、離婚ってそんなものよと経験者の友人が頷いた。

「哀しみばっかりだったら別れられるはずはないじゃないの」

あの時から一年半がたつのだ。彼のことを全く考えなかった、というのはもちろん嘘だが、こんな風になまめかしく声まで思い出したのは初めての経験である。性的に飢えているのだろうかと、自分に問うたりもした。そんなことはない。この一年間で私は二人の男と寝た。相手は妻子がいるいわゆる不倫というやつで、お互いが遊びと割り切った三、四回の関係だ。私の方が忙しくなって連絡していないが、もし電話でもすれば喜んでやってくるだろう。

あさって、悠一に会うことになっている。その事実がこんな風に彼の声を甦らせたりするのだろう。離婚をすれば、きっぱりと会わなくなると私は考えていたが、それは大きな誤算だった。私たちのように共稼ぎで、共有のものを幾つか持っていると、その手続きのために何度も会わなくてはならない。私が今住んでいるこのマンションは、結婚と同時に二人で買ったものだが、売りたくはなかったのでいろいろ手を尽くした。最終的には私が金を出し、彼の共同名義になっている分を買い取るという形で契約が成立した。悠一は吝《け》嗇《ち》な男ではなかったから、私がこのマンションにずっと住めるようにいろいろ便宜を図ってくれた。その書類の手続きもあったので、私たちは何回か会わなければならなかった。が、それも三ヶ月ぐらいの間のことで、もう一年以上私と彼とは会っていない。友人たちからも噂を聞かなくなった頃、またちょっとしたことが持ち上がったのだ。知り合いに頼まれて加入していた生命保険のことを、たいした金額でなかったので私はすっかり忘れていたのである。その受け取り人名義を変えるために、彼の印鑑が必要となった。会社に電話をしたところ、彼は楽し気に応対してくれた。

「お元気ですか」

私が問うと、

「ああ、元気、元気」

昔のような屈託の無さだ。

「どうせ会うんならメシでも食べようよ。そう知らない仲でもないんだしさ」

という彼の口調に私も笑い出し、それで食事をすることが決まったのだ。

どうということもない会話だったのに、あれは私の中に思いもかけない重みを加えたようなのである。だから不意に、こんな闇の中で彼の声を思い出したのだ。

「まだ愛してるわけでもないのに」

私は舌うちしたい気分になり、固く瞼を閉じた。嫌な夢を見たくない幼女のようにだ。


悠一が指定してきたのは、赤坂にある和食屋だ。これはなかなかよい選択だったかもしれない。今さら口説く、口説かれるわけでもないから、イタリア料理やフランス料理は必要なかったろう。和食でも今流行《はや》りの、飾りつけに凝ったしゃれた店などもったいないし、高級な店は論外だ。そこは、小さなカウンター割烹の店で、冬はフグを出すが、その他の季節は近海のうまい魚を料理するというので評判だった。

彼がカウンター席を予約していると嫌だなぁと思いながら店に入っていった。私は悠一よりひとつ上の姉さん女房ということで今年三十七歳になる。世間ではいい女になっていく年代だとおだてるが、肌や体の衰えは自分がいちばんわかっている。太っているというわけではないのだが、私の頬はぽっちゃりと肉がついて、それが年よりもずっと若く見える原因になった。ところがこのところ、顎の肉が下がってどう見ても二重顎になってきたのだ。正面からでは気づかないかもしれないが、横に座られたらたるみは一目でわかるだろう。

何も別れた夫にまで見栄を張ることはないが、みじめに見られるのはまっぴらだった。

扉を開けて入っていく。二度しか来たことがないのだから、店の人が私の顔を憶えているはずもないのだが、いらっしゃいとやけに愛想よく迎えられた。

「武藤さんのお連れさんですね。どうぞ、こちらへ」

そうか、別れた妻というのは〝お連れさん〟と呼ばれるのかと妙に感心した。通された席は二人掛けのテーブル席である。まさかこちらの心を見透かしたわけでもないだろうが、どういう配慮でこの席を予約したのだろうか。カウンター席というのも恋人同士のようで嫌だが、こうして向かい合って食事をするというのも気恥ずかしいものだ。いずれにしても、私は少し緊張していたらしい。

約束の時間より三分ほど遅れて、悠一は店に入ってきた。全く変わっていない、というのが私の第一印象である。一年やそこらで変わるはずがないではないかと言われるかもしれないが、この年代の男というのは驚くほど変化が早い。このあいだまで颯爽《さっそう》としていた男が、次に会った時には頭部がすっかり薄くなっていたりする。あるいは妊婦のように腹がせり出したりする。それなのに悠一は、相変わらず痩せぎすの体にグレイのスーツが似合っていた。

別れた男が、今も男前だと感じられるのは少々いまいましいものだ。

「やあ、お待たせ」

彼は右手を低く上げたが、いかにも業界風の軽さだ。彼はずうっと否定し続けたが、私のようにまともな会社に勤める者から見ると、やはり純粋なシロウトさんとは言いかねた。別れる時は、彼のそうした部分が耐えがたいほど嫌だった。

「相変わらず元気そうじゃない」

「おかげさまで」

最初のふた言、み言は多少ぎこちなかったが、ビールを二、三杯飲んだ頃には私たちの会話はぐっとなめらかになった。

「どうだい、男は出来たか」

悠一は狎れ狎れしく聞く。私はへんに露悪的な気分になり、

「男、というほどじゃないけど、ちょっとだけつき合った人は二人いるわ」

正直に答えた。

「結婚はしないのか」

「とんでもない。もう結婚なんてこりごりだわ」

私はごくありきたりの返事をしたが本心ではなかった。一度離婚した女は、たいていもう結婚なんかしないというものだが、半分は嘘で半分は本当ではないかと思う。また同じようなことが起こってはたまらないという警戒心と、たまたま自分は運が悪かったのだ、今度はきっとうまくやってみせるという意気込みとがごちゃ混ぜになる、というのが正しいだろう。

「それよりも、そちらはどうなの」

「そうだなぁ……」

悠一はもったいぶって、ビールの瓶を持ち上げた。本当のことを言おうかどうしようかと迷っている顔だ。

「ま、いいな、と思っている人はいるよ。そりゃ、そうだろ、この年の男が独りでいるんだから」

そりゃ、そうねと言って私はビールの瓶を取り、酌をしてやった。酔いもまわり始めて、私たちはたくさんの話をした。この一年の間に、悠一の妹は二人めの子どもを宿し、共通の友人のひとりがガンで亡くなった。会社はあまり景気がよくなく、四十代の社員の何人かがリストラされた、などということを彼は喋った。

私は私で、上の兄一家が九州に転勤になったこと、共通の友人のひとりが再婚したこと、会社の景気はよくないけれども、自分は少し昇給したこと、マンションのベランダで鳩が巣をつくった、などということを話した。どれもとりとめのないことばかりであるが、ビールの瓶や冷酒の器を何本か空けるうちには、私たちはすっかり陽気な楽しい気分になっていた。

「オレたちって……」

悠一がやや動きがゆっくりとなった舌で言う。

「夫婦だったからうまくいかなかったんだよな。友だちだったらすごくうまくいったのになあ……」

本当にそうね、と私は答えたけれどももちろん嘘だ。知り合った頃、私は悠一にひとめ惚れといってもいいぐらい夢中になった。彼はあの頃から女にもてて、いろいろな噂がたえなかったがそれでもよかった。友だちになりたいと思ったことなど一度もない。愛されたい、恋人になりたいとそればかり考えていたあの頃を思い出すと、私はせつない気分になる。もしかすると私はこの結果がわかっていたのではないだろうか。

「ああいう男には苦労するよ」

母をはじめとする年配の女たちからは忠告され、同じ年頃の女たちからは嫉妬された結婚が私は得意だった。そう、おそらく私は今日こうなることがわかっていたのだ。けれども人間というのは、結果がほんのり見えていても進まなければならないことがある。男と女に関することがそうだ。不幸というものが行く手に見えていたとしても、やはり女は進まずにはいられない。女は五十年の幸福など望んではいないのではないか。たった三日間でも至福のときを生きられれば、その後はどうなってもいいと考える。若い日の私もそんな女だったのだ……。

かなり酔いがまわったのだ。センチメンタルな心の重さに耐えかねて、私は目の縁が熱くなってきた。

「あぁ、おかしい」

ばれないように、私はハンカチで目の縁を拭った。

「あなたと久しぶりに会うと、なんだかやたらおかしいわ」

「そうだろう、またうまいものでも食おうよ」

そうねと私はまた答えた。不思議なほど素直な気分になった。駅前で二人は別れ、私は空いている電車のシートに腰をおろした。そして気づいた。悠一の印鑑を貰うのをすっかり忘れていたのである。


一週間ほどたって、私は彼の会社に電話をかけた。

「そんなわけでもう一度会ってくれないかしら。二度手間で悪いけど。何だったら保険会社の人に行ってもらってもいいわ」

そんなことをしなくても、またうまいものでも食べようと悠一は言った。

「だけどさ、今週は無理だよ。来週なら時間が空くけどいいかな」

この時、なぜか裏切られたような思いになったことを後々まで私は憶えている。

そして悠一が次に指定してきたのは、銀座のそう高級でない天ぷら屋であった。彼はうまいものに目がない。細身のくせに酒もよく飲むが、料理もたっぷりとたいらげるのだ。天ぷら屋だったから、私たちはカウンター席で隣同士で座った。

「そう、そう、酔っぱらわないうちに頼んどくわ。先にハンコ押してちょうだい」

「こんなとこで、そんな無粋なことが出来るかよォ、ねえ、大将」

顔見知りらしい主人に笑いかける。白衣を着た初老の男は、何を出すんですかと聞いた。

「何かさ、生命保険の書類なんだって。この人と僕、離婚したから、お金の受け取り人を替えなきゃならないんだって。そのハンコをここで押すのはちょっとねえ……」

「いやぁ、離婚の届け出用紙を、ここで書いた方もいらっしゃいますからねえ」

「嘘でしょう」

「嘘ですよ」

私と悠一とは声をたてて笑った。が、結局書類は出しづらくなり、私は大ぶりのバッグの中にしまった。

その夜、私たちはとてもよく食べ、よく飲んだ。揚げたての天ぷらはとてもおいしく、私はコースの他に追加を頼んだぐらいだ。

店を出た後、私たちはごく当然のように馴じみのバーに入った。バーテンダーは私たちを見るなり、おやおやと目を丸くした。

「噂は嘘だったんですね」

「どんな噂かしら」

「いや、それはちょっと……」

彼が困って、目をしばたたかせるのを見るのは面白かった。

「あのね、離婚したのは本当。でもさ、この人があんまりいい女だからさ、惜しかったなぁと思ってさ、もう一回口説こうとしてるとこ」

悠一は酒場で男がよくする、第三者に向かっての喋り方をした。よく言うわよ、と私は鼻を鳴らしたが決して嫌な気分ではなかった。それどころか私はとても幸福な気分になったのである。悠一はそんな私の心をすぐに見抜いたのだろう、幾つかの言葉を菓子のように次々と私に与え始めた。

「千晶って、今すごいだろう」

「何が」

「白ばっくれるなよ。もててもてて大変だろうっていうことさ。千晶みたいないい女が、独りになったなんて聞いたら、まわりの男がほっておかないだろうなあ……」

別れた妻にさえ、こんなことをぬけぬけと言う男だった。この性癖が離婚の原因を数多くつくったわけであるが、私は彼を許した。それどころか、今現在、彼にこうした言葉をたっぷりと与えられる女を羨ましいとさえ思ったのだ。

「オレってさ、やっぱり後悔してるんだろうなぁ。こんな風に千晶のことが気になるなんていうのはさ」

「よく言うわよ。そこまで言うなら、私のことをもっと大切にすればよかったじゃないの」

「大切にしたさ。それでも別れたいって言ったのは千晶じゃないか。オレは捨てられた亭主っていうわけさ」

最後は痴話喧嘩のようになってしまった。そして私はハッとする。カウンターの下でいつのまにか手を握られていたのだ。

「ねぇ、千晶、静かなところへ行こうよ。そこならハンコ押すのにいいからさあ……」

「やめてよ」

私はそう力を込めずに、悠一の手を押し返した。

「別れた夫婦が、そんなこと出来るわけないでしょう」

「何で……」

こういう時、悠一の関西訛りは一層強くなった。少年がものをねだる時のような、あどけない欲望を込めた声。私が闇の中で思い出した声である。私がもう一度聞きたいと、実は願っていた声だ。

「何でなの、法律で決められてるわけ。そんなのおかしいよ。個人の自由だよ」

悠一は駄々をこねるようにささやいた。

三十分後、私たちはラブホテルの一室にいた。上半身すばやく裸になった悠一が私を抱き締めた時、おかしな錯覚に陥った。私たちは夫婦で、ふと気まぐれを起こしてこんな場所に来たのだ。何も変わったことをしているわけではない。平凡な夫婦が、いつもの手順で平凡なことをしようとしているだけなのだ。

「千晶がいけないんだ」

悠一は私の髪を噛んだ。恋人時代から新婚にかけて、彼がよくしたしぐさだった。

「千晶があんまり素敵だからさぁ、こんな風になっちゃったんじゃないか……」

ずうっと忘れたことはないよ、と彼は言ったけれども私は何も言わなかった。今、何か言葉を発するとすべて嘘になるような気がしたからだ。私は混乱していた。この私の行動は、悠一を忘れられないからだろうか。それとも、別れた男だからと割り切っているせいだろうか。たぶん後者の方だろうと私は思った。そう考えた方がずっと気が楽だったからだ。

私たちはその後も、奇妙な逢引きを続けた。会うのは月に一度、あるいはふた月に一度だった。気のきいた店で、たっぷりと食べては飲み、その後ホテルへ行った。

「こんないい体、どうして手放したんだろうなあ……」

と彼は何度かつぶやいたことがあるが、ここまでくるとあまり私は嬉しくない。彼が気を遣っているのがわかったからだ。

しかしそれ以外では私たちは、奇妙なほど隠しごとをしなくなった。悠一は今、二十六歳の女とつき合っているという。会社の後輩で、何くれとなくめんどうをみていた仲だそうだ。

「オレのこと、ずうっと好きだったたって言うんだ。今どき珍しいぐらい純情なコでさあ……」

初めて結ばれた時のことだそうだ。六本木のホテルに入り、夜が白々と明ける頃そこを出た。タクシーを拾えるところまで歩いていく途中、どうしてこんなところに、と思うような六本木の裏道に小さな神社があった。すると彼女はそこの社の前に立ち、賽銭《さいせん》を投げ、手を合わせて長く何かを祈っていたという。

「何を祈っていたのってオレが聞いたらさ、この幸せがずうっと続きますように、なんて言うからさ、いじらしくなってギュッて抱いたよ。大丈夫、絶対に長く続くよ、って言った手前、ずうっと続いちゃってさあ……」

「ふうーん」

裸にシーツを巻きつけたまま、やはり裸でいる男の惚気《のろけ》話を聞くのはちょっとおかしな気分だった。

「千晶の方はどうだい」

全然不調よと私は答えた。

「離婚した女がもてるっていうのは、出鱈目じゃないけど短かい期間よね。こんなにもあっちこっち皆が離婚すると、どの女が別れてたかみんなわからなくなるみたい」

あはは悠一が笑ったのは先月のことだ。そして彼が手を伸ばして、私のシーツをはがしたあの日のことをカレンダーで確かめて私は深いため息をつく。

やはりあの日以外考えられない。迂闊なことに、私たちは全く避妊していなかったのである。六年間の結婚生活に二年間の恋愛期間を足した八年間、私は妊娠しなかったのでそういうものだと思っていた。ところが、生理が来なくなってもう一週間になる。私は初潮以来、生理がずれたことが全くといっていいぐらいない。

あれこれ悩んでも仕方ないと、薬局へ行き妊娠判定薬を買ってきた。白く小さな窓に赤いプラスのマークが現れた時、私はエーッと大声をあげていた。

こんなことがあるだろうか。

結婚生活をおくっていた時には子どもが出来ず、別れたら妊娠してしまった、などということが本当にあってもいいのだろうか。

私は混乱し、悩んだ。母親になる喜びなど、全くわいてはこなかった。テレビドラマではこういう場合、女はどんなことをしても子どもを産もうと決意することになっている。そして男の方は、その心にほだされ、プロポーズするのが普通だ。もっともこれは、男が独身であるという条件つきであるが。

悠一は独身だろうかと私は考える。彼は独身だ、間違いがない。けれどもかつては私の夫だったということわりがつく。つまり失敗をした独身者ということになる。もし私と結婚するとしたら、彼は同じ失敗をもう一度するぞと宣言するようなものなのだ。そんなことまでして、彼は私と結婚したがっているとは思えなかった。六年間も一緒に暮らしていたから、彼の心は手にとるようにわかった。悠一はもう、私のことなど愛してはいない。今、関係を続けているのは、いきがかり上といおうか、彼と私のだらしない性格ゆえに他ならないのだ。

が、ぐずぐず悩んでいても仕方ないので、とりあえず医者のところへ行った。

「おめでとうございます。待望の赤ちゃんですよね」

私がこの数年、婦人科の検診のために通っていた女医が顔をほころばせた。彼女はもう三十代なのだから、子どもを考えても決して遅くはないと私にアドバイスしてくれたことがある。悠一と別れる年のことだ。

「きっとご主人も大喜びするわよ……」

「それが……」

私は初めてことの次第を打ち明けた。親や友人に相談したら呆れられそうで、誰にも話さなかったことだ。

「あら、そんなことはよくあることですよ」

白髪混じりの髪をざっと結い上げた女医は、微笑みながら頷いた。

「うちの患者さんにもいましたよ。離婚した後もぐずぐず会っていたら、お子さんが出来ちゃったっていう方」

「へえー、そうですか」

「それでその方たちはすぐに結婚なさいました。結婚じゃなくて、復縁というのかしら。ぐずぐず会うっていうこと自体、未練があるっていうことですもの、お子さんが文字どおりカスガイになって、今じゃ親子三人とてもうまくいっていますよ」

大丈夫、きっとうまくいくわよと、彼女は私の目をのぞき込んだ。

「お子さんが出来たっていうのは、もう一度やり直しなさいっていう神さまのおぼし召しなんですよ。本当によかったですね」

この言葉を聞いて、私が少々楽観的な気分になったことは否定しない。バンザイ、よくやった。そういうことならばすぐに籍を入れようよ。オレたちって、やっぱり離れられないようになってるんだよなあ……。

こんな風に喜びを全身で表す彼の姿をちらりと想像したりした。けれどもそんなことがあり得るだろうか。もし悠一にそういう無邪気さといおうか、人生に対する素直さがあれば、私たちは別れることはなかったに違いない。

それでも、それでも私は、何か起こることを願っていた。もしかすると私の妊娠をきっかけに、悠一が今までとはまったく別の人間になるということがあるかもしれない。人間とか人の心というものは、予想出来ないことがたくさんあるのだ。私が悠一のことをすっかりわかり、彼の内面を把握していると考えるのは、もしかすると大変な思いあがりというものかもしれない。神さまというのは、時々思いもよらぬようなことを人間に対してするではないか。私の妊娠もそんなことのひとつなのだから。

子どもが出来たことを告げるために、私は悠一とホテルの一室で会った。ここはラブホテルでなくちゃんとしたホテルであるが、悠一の持っている割引券が使えるということで、二回ほど情事に使ったことがある。

話し合いをするのに、こういう場所を選ぶのは気が進まなかったが仕方ない。私たちは別れた夫婦なのだから、どちらかの部屋に行ってはいけない、といった暗黙のルールがあった。待ち合わせてセックスするのは構わないけれど、私の、あるいは悠一の部屋へ行きお茶を飲むのはいけないことであるというこのルールは、人に聞かれたら笑われるかもしれない。

悠一はいつものように、くどくどと会社の愚痴を口にした。が、これは彼の挨拶であり前戯のようなものだ。いくら図々しい男だからといっても、いきなり女を抱くことは出来ないだろう。だから彼は空虚な人の悪口をしばらく続けるのだ。

「さ、シャワーを浴びてこようかな」

彼は立ち上がる。こういう時、ほんの一瞬であるが、私たちがまだ夫婦でここはうちのリビングルームであるような錯覚に陥ることがある。

「話があるのよ」

「えっ、何」

彼は可愛らしく首をかしげた。無防備といってもよい呑気さだ。それはそうだろう、私は別れた女房なのだ。「話がある」といったら、もう会わないでいようという言葉に決まっている。彼にとってはそうたいしたことではないはずだ。

私は悠一に対して、非常に意地の悪い思いにとらわれた。だから早口に、いっきに言ってしまうことにする。

「私ね、妊娠したのよ」

「えっ」

「あなたの子どもよ。だって私、他の男の人と全然寝てないもの。あなたの子ども以外には考えられないわ」

息も継がずにひと息で言った。たぶん「オレの子どもじゃないぜ」という、女がいちばん聞きたくない言葉を、口にする隙をつくるまいとしたのだろう。

「嘘だろう」

「本当よ。もうお医者さんのところにも行って確かめてきたんだから」

私はもしかすると勝ち誇ったように言ったかもしれない。悠一の唇はかすかに開けられたままだ。驚愕ととまどいだけが彼を支配していた。私が本能的に待ち望んでいたものは、まだ訪れようとはしない。

「だけどさ、君とオレとは、六年間夫婦やってて、結局子ども出来なかったんだよ」

それどころか責めるような口調になった。仕方ないじゃないのと、私は不貞腐れたもの言いになる。

「十年間出来なかった夫婦に、ぽこっと出来ることだってあるんだもの。ちゃんと避妊しなかった私たちの責任よ」

〝責任〟という言葉が、思いもかけないほどの鋭さで私の心を刺した。責任、責任だって。こんな風に言われる赤ん坊はなんて不幸なんだろう。

「まずいよー、まずいなぁー」

悠一は突然身をくねらせるようにした。混乱のあまり体が勝手に動きだしてしまったらしい。

「オレさ、もうじき結婚するのが決まってるんだよ」

相手は例の会社の女性だという。もう向こうの両親にも会って、挙式をいつにしようかということにもなっているそうだ。

「まずいよー、まずいよー」

彼はこの言葉を繰り返す。呪文のように唱えれば、事態が好転するとでも思っているようだ。

「こりゃ、まずいよー。あっちに知られたら大変なことになっちゃうよ」

こう言われて腹が立たない女がいるだろうか。怒りがいきつくところまでいくと、人間は静かな落ち着いた気持ちになるものであるが私がそうだった。

「大丈夫、心配しないでよ。あなたはあの若いお嬢さんと結婚なさってくださいよ。私は勝手に産んで、自分ひとりで育てるから」

言った後で、自分でも驚いた。未婚の母となって子どもを育てる、というのはひとつの選択肢としてあったわけであるが、ぼんやりとしたまるで現実味のないものであった。私のような普通の女にそんなことが出来るわけもないと思っていた。ところが口に出したとたん、私ははじめからこれを最良の方法として考えていたような思いにとらわれた。

そうだ、もうこの男に頼るのはよそう。自分ひとりで育てていけばよいのだ。両親はもう老いているが、それでも子育てに協力してくれるだろう。私は突然、自分の定期預金の額から実家の間取りまでが頭に浮かんだ。

古い家だが広さはある。あの座敷を改装すればリビングとそれに接する子ども部屋が出来るだろう。とうに定年退職した父だが、孫のためだったらもうひと頑張りしてくれるに違いない。そうだ、私がこの子どもをひとりで育てていくことは可能なのだ。

私はこの力強い正しい解答に、魂を奪われたようになった。気がつくと、そうよ、そうだわとつぶやいていた。

「認知をしてもらわなくたっていい。私ひとりで育てていくわ。どうかあなたは新しい素敵な生活をして頂戴。私には構わないでいいのよ」

「ちょっと、ちょっと待ってくれよ」

人の顔がみるみるうちに青ざめていくのを初めて見た。本当に一瞬のうちに色が変わるのだ。

「千晶、頼むよ。今度だけは堕ろしてくれよ。何でもするよ。お願いだ、頼む」

「嫌よ」

私はきっぱりと言いはなった。

ああ、長いことこういう強さを持たなかったために、この男にどれほど苦しめられたことだろうと私は思った。この男を愛し、別れられなかったことは、すべて私の優柔不断さによるものだったのだ。けれども今は違う。大きなものをひとつ得るために、私は他のすべてのものと訣別出来る。

「私は絶対に産むわ。あなたがどんなことを言おうと駄目よ。私はもう決めたんだからね」

「ちょっと、ちょっと待ってくれよ」

悠一は私に近づいてきた。顔は青ざめたままだが、目に強い光が宿っていた。もしかすると殺されるのではないかと、私は思わず後ずさりをした。

「頼むよ、お願いだよ。オレをこんなに困らせないでくれよ」

「困らせるつもりなんかまるで無いわ。私はただ子どもを産みたいだけなのよ」

「頼む、千晶、オレたち夫婦だったんだろ。オレを救ってくれよ、頼むよ……」

怒りを通り越して、私は悲しみでいっぱいになる。お腹の子どもは悠一にとっても初めての子どもではないか。それなのにどうしてこんなにむごいことをするのだろうか。

「お願いだ、頼むよ」

彼は私の喉に手をかけた。殺されるかもしれないと私はとっさに思った。

「殺すなら殺しなさいよ」

私は彼を睨んだ。

「あんたがどういう男か、世間に知らしてやるいいチャンスだもの」

「畜生——」

彼の指に力が込められ、喉のしんが痛くなった。息が出来ない。苦しい。頭がぼんやりとしてきた。ああ、私はこうやって死ぬのだなぁと考えた。明日の三面記事やワイドショーのことをとっさに考えたのだからどうかしている。

「会社員、身重の前妻を殺す」

「復縁を迫られ、妊娠中の前妻を絞殺」

どのくらいたったのだろう。ほんの一秒かそこいらのことだ。目を開くと天井が見えていた。私はベッドの上にうまく倒れたらしい。

「千晶……」

私を呼ぶ声がする。悠一だった。私はすっかり目を開け微笑んだ。笑うより他はないではないか。殺されかけて生き返ったのだから。

「よかったよー」

なんと彼は私を見て、おいおいと泣き出したのである。いちどきにこれだけ泣けるものだろうかと思うほど、涙の粒が上から落ちてきた。

「千晶、許してくれよ。本気でやったわけじゃないよ」

「わかってるわよ」

だって夫婦だったんだもの、と私は心の中でつぶやいている。こんなだらしのないひどい男を愛したんだもの……。

不思議なことに、私は自分を殺しかけた男を許しているのである。人間死ぬ時、それまでの人生がまるでものすごい早まわし映画のように見えるというが、それに近いことが起こったのだ。出会った日から、結婚式の日、ベッドの上でのこと、さまざまなシーンを、〇・五秒ぐらいの間に次々と見た。そしてこうなることも運命だったのだと、私は最後に諦めたのである。

「悪かった、千晶。オレを許してくれよ」

悠一はまだ泣き続けている。私は沈黙した。これほど早くあっさりと、相手を許してやることはないと気づいたからだ。


あれから三年たつ。私と悠一の間に出来た男の子は、元気で毎日保育園に通っている。私と悠一とはまた夫婦になったが一緒に暮らしてはいない。あちらの女性と話し合った結果、彼女は若い女らしいセンチメンタリズムで、子どもを私生児にするのは可哀想と言い出したのだ。普通なら怒って破談にするところを、そんなことを言い出すのだから、彼女も相当変わっている。そんなわけで私と悠一とは戸籍上の夫婦になり、彼はその女性と一緒に暮らしている。息子が小学校に入るまでこのままの形をとることになった。が、彼女の方も最近子どもを欲しがっているそうで、明日はどうなるかわからない。

私は時々悠一にメイルを送る。

「お元気ですか、あなたの息子も元気です」

これは皮肉ではない。皮肉を言うには、私たちはあまりにも近しい存在ということに最近私はやっと気づいたのである。

憶えていた歌

三十歳の女でなければ、三十歳になった女の気持ちがわかるはずはない。

本当にこんなはずじゃなかったと、私は朝から何度めかのため息をもらした。自分に聞かせるためだけの、わざとらしいため息は、ますますこちらの気分をみじめにするだけだけれども仕方ない。ひとりごとを言うよりはずっとましだ。

本当にこんなはずじゃなかった。少女の時から、時々三十歳になった自分を想像してみたことがあったけれど、あの時は最低線というものがあった。夫や子どもに囲まれている私、というのがとりあえずいた。

ところがどうだろう、現実に三十歳になった私はひとりぼっちなのだ。おまけに派遣社員ときている。

二年前のことになるが、私は短大を出て以来八年間勤めていた会社を辞めた。テレビドラマに出てくるようなキャリアウーマンならともかく、これといった資格を持たないＯＬ

が会社に長居出来るはずはない。〝お局さま〟などという言葉を、何年か前まで私は意地悪く使っていたけれども、今度は私が呼ばれる番になったのだ。

「こういう時、パッと辞められるのが女の強味よね。派遣はいいわよ、気楽だしさ、いろんな会社見られるし」

という友人の言葉にすっかりその気になり、大手の人材バンクに登録した。ここでも私は、ちょっとお気楽なことを考えていた。短大時代の友人のひとりに、最初から派遣で働いていたコがいる。彼女は行った先の一流企業のエリートをまんまと手に入れたのだ。

私がそうしたささやかなシンデレラ姫の物語に憧れたとしても、誰も私を馬鹿に出来ないと思う。二年前のことは、私にとって初めての転職というやつだったのだ。ほんのちょっぴりでも希望や夢というものがなかったら、どうして会社を辞めるなんてことが出来るだろう。

うちの両親など全くの田舎者なので、

「これでもうまともな道を踏みはずしてしまった」

などとおろおろしたものだ。勤めていたところは誰でも知っている食品会社で、よくテレビCMを流している。そこに娘が働いていることは両親の自慢だったのだ。

でもそんなのもう遅れてるよ。最近の都会じゃ、出来る女はみんな派遣社員になって自分のキャリアを生かすものなんだよ、などと両親に説明し、自分にも言いきかせたものだ。

けれども世の中、それほど甘くはないとすぐに思い知らされた。

前の会社で私は嫌なことがたくさん起こり、最後にはどうにも居心地が悪くなった。でも今から考えると、あれは仲間ゆえの居心地の悪さだったんだ。派遣先のコンピューター販売会社で、私ともう一人の派遣の女性は完璧によそ者扱いだ。飲み会にも誘われたことがないし、若い男性に話しかけようものならば、女の社員たちの目が鋭くなる。まるで自分の縄張りに入ってくるなと、目を光らせている猫みたいだ。

どうせ私は派遣社員だと割り切ってしまえばいいのだろうが、そう考えれば考えるほど心が冷え冷えとしてくる。

そんな時に私の三十回めの誕生日がやってきたのだ。朝、会社に出かけようとしたら電話がかかってきた。

「ヤッホー、ハッピー・バースデー。ねえねえ、三十歳になった気分はどう」

祐子からだ。彼女は故郷の高校で同級生だった。昔からスポーツが得意で、女子体育大を出た後は、スポーツジムのインストラクターをしている。プロポーションがよく、愛らしい顔立ちの祐子は、男の人が切れたことがない。このあいだまで同い年ぐらいの男性と同棲をしていたかと思うと、今は妻子ある人とつき合っている。彼女に言わせると、ゆっくりと女のフルコースを味わってから結婚しようということだ。

女友だちは、性格が違っている方が長続きすると言われるけれども、確かにそのとおりで私は彼女とはずうっとうまくいっている。一ヶ月に一度、会うか会わないかのつき合いもよかったのかもしれない。

祐子は私よりも二ヶ月早く三十歳になったわけだが、彼女が言うには誕生日を過ぎてしまえばもうどうということもないそうだ。

「誕生日の一週間ぐらい前がイヤなのよね。苛々したり、何かつまんないことに腹を立てたりして、二十八や二十九の誕生日の時はそうでもなかったのに」

祐子も私と同じことを感じたとは、少々意外だった。

「ねえ、ねえ、早希の誕生日、ちょっと驚くようなことがあるよ」

突然口調を変えて言う。

「え、何なの、それ」

この三年ぐらい、それぞれの誕生日を共に祝うのが私たちのならわしだった。といっても祐子は実際のバースデーを彼と過ごすから、正確に言うと誕生日の少し後、二人で食事会をするということになる。

「わかった。この前みたいにホテルの割引券もらったから、二人でどこか泊まろうっていうことでしょう」

「馬鹿ねぇ、そんなんじゃないわよ」

受話器の向こうで、祐子が低く笑うのがわかった。

「とにかく早希がびっくりするようなこと。びっくりし過ぎてわぁわぁ泣いちゃうかもしれない」

こんなことを言われて期待しない人間がいるだろうか。おまけに祐子が指定してきた場所は、池袋の駅だったのだ。私は以前から小田急線沿線に住み、祐子は横浜にアパートを借りている。だから池袋に来る機会などほとんどないのだ。

「ねぇ、ねぇ、教えてよ。いったいどこへ行くのよ」

東上線に乗るのも、上京してから何度めかの珍しさだ。この界隈に素敵なレストランがあるなんて聞いたことがない。

「だからさ、着いてからのお楽しみだってば」

含み笑いをするこんな時の祐子は、私よりもはるかに世慣れて見えて、私はちょっと落ち着かなくなる。

池袋から各停で四つめの駅に着いた。駅の階段を下りると、かなり大きな商店街が続いている。ファーストフードの店やブティックに混じって、洋品店や履物屋があるのがいかにも下町という感じだ。祐子はといえば、店を確かめながらゆっくりと歩いている。

「えーと、ケンタッキーがあったから次の角を曲がって……」

初めてではないけれど、道順はきちんと憶えていない、といった様子だ。いったい彼女は私をどこへ連れていくつもりなんだろう。

信用金庫の角を曲がると、道はかなり狭くなった。車が一台やっと通れるぐらいだ。この通りは飲み屋が多い。駅に到着したとたん、秋の夕暮れは薄闇に変わり、わずか五、六分歩いている間に完全な闇に変わった。その中に浮かんでいる立て看板のネオンを、何とはなしに目で追っていた。

「バー　妙子」

「スナック　茶々」

「高山秀樹の店　カラオケパブ　恋泥棒」

高山秀樹ですって。まさか、あの高山秀樹じゃないでしょうね。驚きのあまり言葉が出ない、というのはこういうことを言うのだろう。私はぼんやりと口を開けたまま、しばらくそのままの姿勢でいた。

「ふふ、驚いたでしょ」

やった、とばかり祐子が顔を覗き込む。

「私もさ、このあいだ先輩に連れられてきた時はびっくりしちゃった。あの秀樹がカウンターの中にいるんだもの」

中学校から高校にかけて、私は高山秀樹の大ファンだった。当時は〝たのきんトリオ〟の全盛期だったので、彼らの活躍の陰になり、秀樹が二軍の立場にあったのは否定しない。けれども彼の歌った「ストリート・ラブ」はヒットしたし、準主役で出演したドラマはかなりの話題になったものだ。当時、ふつうの女の子たちは〝たのきん〟の誰が好きと騒いでいたが、ちょっとひと癖ある女の子は秀樹を選んだはずである。

田舎の高校生だった頃、県庁所在地の街で彼のコンサートが行なわれることになった。そのチケットを手に入れるため、応募ハガキを何通も書いたことを私は思い出した。

「その秀樹がこの店にいるわけ。時々いないこともあるんだけど、今日はちゃんといるよ。私、電話でちゃんと聞いたんだもの」

「祐子、会えないよ、ダメだよ、そんなの……」

やっと声が出た。

「私、今日ヘンな格好してるし、それに、もし、秀樹が変わっていたりしてたらイヤだもの……」

「大丈夫、大丈夫」

祐子は指でOKのサインをつくって見せた。

「秀樹、そんなにオジさんになってなかったよ。早希の夢が壊れることはないから大丈夫」

彼女は〝ウェルカム〟と描かれたボードのある扉を押した。その時私の頭にまっ先に浮かんだのは、テレビや雑誌で見る「有名人　あの人は今」というコーナーだった。世間から忘れ去られたかつての芸能人たちが、今どんな生活をしているかをレポートするものだ。

別の分野に進んで活躍している人もごくたまにいるにはいるが、たいていは細々と芸能活動を続けているか、そうでなかったら水商売だ。百パーセントといってもいい確率で、かつての自分の芸名を前面に押し出した看板を掲げている。

本当のことを言えば、

「高山秀樹の店」

という看板を見つけた時、私の中にかなりの失望が生まれたのは事実だ。秀樹はどういうわけか、「あの人は今」という番組や雑誌に顔を出さない。私が見逃しているのかもしれないが、そういうものに出ていたのを見たことがなかった。それなのに都心から離れた片隅で、芸能人のお定まりのコースを歩いていることに、私はかなりがっかりしてしまったのである。

とにかく祐子に背を押されるようにして店に入った。カウンターの他に、テーブル席が三つの小さな店だ。現役時代のポスターが何枚か貼られている。白いミリタリー風の衣裳を着て、ガッツポーズをとっている。これは「めぐり逢うために」を歌っていた頃のものだ。もう人気に翳りが出ていてあまり売れなかったけれども、私の大好きな歌だった。

まだ早い時間らしく、客は誰もいない。カウンターの中に、とても若い女の子がひとり立っていた。

「いらっしゃい」

祐子を見て微笑んだ。一度来たことがあるから顔を憶えていたらしい。

「高山さん、まだですか」

「ええ、八時過ぎには来ると思うんですけれども」

「じゃ、その前に何か食べようかなぁ」

ここの店は焼きうどんがわりといけるよ、と祐子がささやき、それを頼むことにした。女の子がカーテンの向こう側に消え、やがてザーッとフライパンを焼く音が聞こえ始めた。私はまたゆっくりとあたりを見わたす。

――ここに秀樹がいるんだ――

けれどもそこには、私が求めるようなセンスや美意識はかけらもなかった。カラオケセットに赤い布のスツール、生花ではなく、ずうっと長持ちしそうな蘭の鉢、典型的な場末のスナックのアイテムが並んでいる。けれどもこれらのものは、少しずつ私に安堵感を与える。奇妙な言い方かもしれないが、私はこれできちんと秀樹に失望することが出来るような気がした。

かつて自分が憧れていたもの、手に届かないと思っていたものが、みすぼらしい姿で再び自分の前に姿を現す。そんな時、人は優越感を持つものではなかろうか。そんな定石《じょうせき》どおりのことが起ころうとしているのだと、私はいつになく意地の悪い心で思ったのである。

やがて焼きうどんが目の前に置かれた。箸をとってみる。全く期待していなかったのだが、そのうどんはとてもおいしかった。キャベツやニンジンがどっさりと入り、肉もいいものを使っている。

「すっごく、おいしい」

私が声に出して言ったら、女の子はにっこりと笑った。ほとんど化粧をしていないのに、肌が透きとおるように白い。パブでアルバイトしているよりも、幼稚園に勤める方が似合いそうな女の子だ。

うどんの何口めかを口に入れたとたん、カーテンが音もなく開いた。秀樹が入ってきたのである。

「あっ」

彼は想像していたよりもずっと背が高かった。彼の店にはがっかりすることがたくさんあったが、彼には失望の種になるようなものは何もなかった。私は彼の年齢をすばやく計算出来る。私が中学校一年生の時、十八歳でデビューしたのだから三十五歳ということになる。男としてはとてもいい年代だ。頬も顎もたるんではいなかった。

「やぁ、いらっしゃい」

彼は祐子を見てにっこりと笑った。あのトレードマークだった八重歯が失くなっていたことに気づいた。当時彼はあまり歯並びがいいとは言えなかったが、口元が甘ったれ小僧のようで可愛いと私たちファンは言い合ったものだ。

「このあいだ来てくれたばかりなのに、また忘れずにすぐ来てくれたんだ。ありがとうございます」

自分を憶えててくれていることに、祐子はすっかり有頂天になった。常連風と先輩風をいちどきに吹かす。

「あ、高山さん、このコ、私の友だちで早希っていうんです。高山さんの大々ファンだったんですよ」

こういう場合、過去形で言っていいものだろうかと私は気が気ではない。

「今日は早希の誕生日なんで、お祝いにこの店に連れてきてあげた、っていうわけなんです。ねぇ、早希、嬉しいでしょ。本物の高山さんがいるのよ」

私は素直には頷けなかった。出会いというものを、このように鼻先に突きつけられれば、たいていの人はむせてしまうに違いない。そんな感じだ。

私のこの微妙な思いを、秀樹はとっさに察したらしい。

「嬉しいかどうかはわからないよね。こんなおじさんになったところを見れば、がっかりだよね」

「そんなことありません」

私は言った。

「昔のまんまでとても素敵です」

それどころか、白いパンタロンを着て歌って踊っていた時よりも、男前と言えば今の方が男前だろう。藤色とも水色ともいえない微妙な色のポロシャツを着ていたが、浅黒い肌によく似合っていた。

「懐かしのメロディ」をたまに見ると、いつも思うことだが、一度でも芸能人をやった男の人というのは目元が違ってくる。眉を手入れし、細い細いアイラインを入れているのだろうかと思うような色気がある。秀樹もそうだった。それはおそらく、普通の人たちには出来ないような目配りや表情をするせいかもしれない……。

不意に羞恥がこみ上げてきた。ちょうど焼きうどんを頬ばっていた最中なのだ。私はあわててウイスキーを頼む。

「ロックでお願いします」

本当ならボトルを入れるべきなのかもしれないが、ためらう材料が幾つかあった。この町は私の住んでいるところからとても遠いうえに、メニューにボトルの料金は出ていないのだ。秀樹を信用していないわけではないが、三十歳のＯＬとしては、初めて行った場所で値段のわからぬボトルを入れたりはしないものだ。

そうはいうものの、アルコールの力で私の舌はなめらかになっていく。次第に陽気さと軽薄さとを身につけていくことで、私は少しホッとしている。実際のところ、私は秀樹の前でどう振るまっていいのかわからなかったのだ。秀樹はもはやスターではない。下町のパブのオヤジさんとして、こちらをもてなそうとしている。それに応えるのが礼儀だと思うものの、私の体はこわばったままだった。人見知りが強いとよく言われる私であるが、それとも少し違っている。秀樹に好感を持ってもらいたいと願いながら、こんな近い距離にまで来てしまっている彼を、〝いけないことだ〟と言って遠ざけてしまいたい。引退したスターと会ったファンの心理というのは、みんなこんなものかもしれない。

いずれにしても、最初の緊張が解けた私は、媚びるような言葉を幾つか口にし始めるのだ。

「私、高山さんのコンサート、何度か行ったことがあるんですよ。親に泣いて頼んで、静岡から出かけたの。あれは日本青年館のコンサートだったかなぁ」

「青年館のコンサートっていうと、八二年か、八三年頃かなぁ」

彼は首をかしげる。自然さを装っているけれども、こういう話題は嫌いではないらしいとすぐにわかった。そうだ、そうでなければどうして「高山秀樹の店」などと看板に掲げたりするだろうか。

「そうです。私、二年続けて行ったんですよ。高山さん、アンコールの時に毎年同じこと言うんです。来年は武道館でやるからね、って」

「そう言えば、そんなこともあったなあ」

秀樹は懐かし気に、目を宙に泳がせたが、それはやや芝居がかっている。ここの店での会話や表情は、もはや流れが出来ているという感じだ。

「いやぁ、あの頃はさ、もうちょっと頑張れば武道館でやれると思ってたかもしれないなあ……」

「二十五歳までに実現するからって言ってたわ」

いやぁ、そんなこと言ってたっけと、秀樹はおどけた口調になる。

「僕は年、かなり誤魔化してたから、二十歳頃はもう二十五だったわけ」

「えーっ、本当」

やっと出番が来たとばかりに、祐子が大声をあげた。

「年をサバ読んでたなんて、ひどいじゃない。ファンへの裏切りじゃないの」

「何言ってんの、芸能人が年を誤魔化すなんて常識中の常識でしょう」

秀樹がまるでおかまのような口調で言い、祐子が大声で笑った。そしてその勢いで、彼は次々と露悪的な話を口にする。

当時人気絶頂のアイドルが、歌番組収録を待っている間、やはり人気の女性歌手を楽屋に呼びセックスを始めた。その彼から、お前も来いよ、と誘われたこと。

歌手から俳優に転身を図った際、時代劇の準レギュラーの仕事が決まった。ところが主役の大物俳優から生意気だと嫌われたこと。

時々「あの人は今」といった企画に出てくれとしつこく言われるけれど、ああいう番組のプロデューサーやディレクターはとても感じが悪い。おまけにレポーターとしてやってくるタレントは、たいてい二年後くらいには消える運命の三流の奴らばかりだ。ああいう連中に、

「これからも別の世界で頑張ってください」

なんて言われるのはまっぴらだ……。

などということを秀樹は面白おかしく話し出す。その口調がなめらかなので、私はまた少し居心地が悪くなった。私はこんな話を聞くためにここにいるんじゃない。じゃ、いったい何のためにいるんだろう……。

扉が開き、一組の客が入ってきた。私たちよりやや年上のカップルである。二人はこの店の常連らしく、もの慣れた様子でカウンターの奥に座った。

「今日は早い時間から混んでるね」

男がこちらの方をちらちらと見る。驚いたことに、女連れにもかかわらず男は私たちのことを気にし始めたのだ。女はそれに対して不愉快になった様子もない。それどころか私たちににっこりと笑いかけた。どうやら夫婦とか恋人といった関係ではないようだ。

「そうなんだ。僕の昔のファンだっていって、遠いところからわざわざ来てくれたんだ」

「お嬢さん、がっかりしたでしょう」

男が、今の秀樹の言葉がいいきっかけだとばかりに、勢い込んで話しかけてきた。

「かつての美少年も、こんな風なおじさんになっちゃうんだからね」

「そんなことないですよ」

と祐子。

「昔もカッコよかったですけど、今も大人の男の人、っていう感じで素敵です」

「いいねぇ、秀ちゃん。こんな綺麗な若いお嬢さんたちが、素敵、なんてまだ言ってくれるんだから」

「私たち、若くないですよ。中学生から高校の時に、高山さんにキャーキャー言ってた世代なんですから」

「えー、そうなの。そうなると、えーとー」

男はふざけて指を折り始める。

「近くの会社の社長さん……」

秀樹がそれとなく紹介した。

「社長っていうよりも、家具屋の親父っていう方が正しいけどさ。秀ちゃんがこの店を持ってからのつき合いなんだ」

一緒にいる女性は、経理兼秘書をしているのだそうだ。

「お嬢さんたち、いけそうじゃないの。このボトル飲んでよ。ね、氷、氷。それからさ、アタリメ焼いてよ。あ、マヨネーズに唐がらしはいいからね」

随分騒々しい男だったけれども、これでどれほど私は救われた思いになったろうか。この二人が来る前、いつ帰るタイミングをつくろうかと何度も考えていたのだから。

「あのさ、この頃の若い人って高山秀樹を知らないからびっくりしちゃうよねぇ。おまけにこの男がヘソ曲がりときちゃうんだ。テレビの話が来てもさ、みんな断わっちゃうんだ。一回でも出れば、ここだってもっと流行るはずなんだけどもねぇ」

「ほら、四年前よね、タレントの、ほら顎の長いナントカっていうのが来たじゃないの」

話し始めると、連れの女はひどいしゃがれ声だ。どうやら社長よりもいくらか年上らしい。

「この店でさ、馬鹿騒ぎして、秀ちゃんの昔の物真似したんだけど、ものすごく下品でさ。お尻振ったり、裏声出したりして。あれで頭に来て、テレビはもういい、ってことになっちゃったのよねえ……」

「秀ちゃんはさ、本当に要領が悪いんだよ。あんだけ人気あったんだから、もっとうまくやってれば芸能界でちゃんと生き残ることだって出来たのにさ」

「そうよ、『笑点』の座布団運びだって、12チャンネルの、どこかへ行ってうまいもの食べてくる人だってよかったのよ。芸能界にしがみついてりゃよかったのよ」

秀樹はといえば、煙草をふかしながら二人が自分の身の上を語るのを愉快そうに聞いている。やはりスターと呼ばれた人は、自分が自分のことを喋るより、人に語らせる方がずっと好きなのだ、と私は思った。

二人の話を総合すると、それでもぼちぼち芸能界の仕事をしていた秀樹は、九年前に思いきった転身を図る。不動産と健康飲料販売とを併せた会社を興すのだが、バブルが終わりを告げる頃で、会社はまたたくまに潰れてしまったと言う。

「よくある話なんだけどさ、結局は有名人のこの人の名前が欲しかっただけなのよね。あれはどう考えたって、計画倒産だもんね……」

「ねえ、ねえ、質問」

男のボトルに意地汚なく手を出し、すっかり酔っぱらった祐子が、ふざけて右手を上げる。

「高山さんって、結婚してるの。ま、この年だから当然してるわよねぇ」

「うーん、痛いところを突いてくるなぁ」

秀樹がこれまたふざけて眉をしかめてみせる。

「もうバツ二なのよ、この人」

女がVサインを前に突き出した。

「最初の倒産の時に最初の離婚、二年前にやっぱり別れちゃって、早くもバツ二なのよ」

「ふうーん、やっぱり芸能人は派手ですよねえ……」

祐子が感にたえぬように言い、カウンターに小さな笑いが起こった。流行らない店、というのは本当らしい。私たちはもう二時間近くいるのに、このカップルの他に客が来ないのだ。だが少々下品で賑やかな常連のおかげで、私たちも親密な輪の中に加わることが出来た。

「レイコちゃん、マイクをお願い」

社長がカウンターの中の女に指示し、やがてカラオケが流れ始めた。彼が最初に歌ったのは古い演歌である。相当歌い込んでいるらしく、プロのような凝った節まわしをする。皆で大きな拍手をした。

「次は高山さんの歌を歌いましょうよ。ここのお店、本人のカラオケ、いっぱい置いてあるんでしょう。私、時々新宿や銀座のカラオケでも歌うんですよ」

祐子が社長の手からマイクを奪った時、私はああと思わず声を上げてしまった。この店で秀樹の歌を歌う。それは私が密かに避けたいと思っていたことである。この店で酒を飲みながら馬鹿話に興じるのはいい。けれども歌は駄目だ。秀樹はカラオケに合わせて昔の歌を歌うだろう。そうしたら、私はいやおうなしに現実を直視しなくてはならない。

本当に秀樹がここにいるということをだ。

私は目の前にいる中年と呼ばれてもいい男を、まだ秀樹だと認めていないところがある。そっくりさんがいるか、それとも誰かが秀樹の名を騙《かた》ってここに立っているのかもしれない。私はコンサートのチケットを買うために、電話のリダイヤルを押しっぱなしにしたこと、ホールで行列をしたことを思い出す。ステージの彼は遠く、ライトに輝やいていた。熱狂する女の子を誰ひとり近づけまいとガードマンが何人も立っていた。あの秀樹がこれほどたやすく私の前にいていいはずはなかった。おまけに彼はこちらを客として扱い、酒を注いでくれるではないか。こんなことが許されていいわけはなかった。

「それじゃ、私が高山さんの大ヒット曲『ストリート・ラブ』を歌います」

それなのに祐子は、椅子からおりてフロアの前に立つ。腰に手をあて歌に合わせて踊ろうとしているのだ。いいぞ、いいぞと社長と女が拍手した。なんと秀樹はカウンターの下からタンバリンを取り出すではないか。私を除いた人々の手拍子の中で、祐子は歌い出した。けれども出だしを間違え、歌詞を何度もつっかえた。仕方ない。高校時代の彼女は秀樹などそう好きでもなく、トシちゃんの熱烈なファンだったのだから。が、祐子の図々しさはそれだけでは終わらなかった。

「高山さんの生の声、やっぱり聞きたい」

彼にマイクを渡そうとするのだ。

「今夜の思い出にお願いしますよ」

一瞬私は、彼が拒否することを祈った。が、秀樹は、

「じゃ、リクエストにお応えして」

あたり前のようにマイクを握るではないか。

「君にＯＫ！」は、あの頃の中ヒット、と言える。コンサートに詰めかけた女の子たちは、この〝ＯＫ！〟の箇所になると夢中で手を上げたものだ。

君にＯＫ！
どんなことだって許しちゃう
君はいちばん大切な女の子
ちょっと意地悪しても
そこが可愛い　素敵さ
君にＯＫ
君にＯＫ
永遠にＯＫ……

あのコンサートに出かけた日のことを、私ははっきりと思い出すことが出来る。静岡から千駄ヶ谷の日本青年館へ行くというので、母が特別に五千円のお小遣いをくれた。それと新幹線の切符を大切に財布の中に入れた。財布はビーズの刺繍の黒い財布だ。京子伯母さんの香港土産である。私をとても可愛がってくれた伯母さんは、五年前に胃ガンで死んだ。もう帰ってはこない。あの夏休み、私が着ていたのはＴシャツとデニムのサロペットだ。初めて友だちとだけで東京へ行くので、かなり緊張していた。ホールに入ろうと並んでいる最中、いかにも東京の子らしいあか抜けた女の子たちが、声高に騒いでいるのを聞いたっけ。一緒に行った美咲も、気後れして私の方を見た。私よりもずっと小柄で、はるかに熱烈な秀樹のファンだった美咲。彼女の夢は、テレビ局のタイムキーパーという人になって、秀樹と知り合い結婚することであった。その彼女ももう三歳になる女の子のお母さんだ。浜松で幸せに暮らしている。

ああ、私は本当に酔ってしまったらしい。秀樹の歌声は、十六年前の私を正確に連れてきた。彼の声はもはや少年のそれとは言えなかったけれども、そうかと言って老けてもいない。渋みと重みの加わった男の人の声は、私をますますせつない気分にさせる。

君にOK

君にOK

永遠にOK

気がついたら、みなに合わせて右手を上げていた。水割りをたて続けに三杯飲む。もっと酔わなければ、このせつなさに耐えられそうもなかった。

「ねえ、大丈夫。ちょっとピッチを上げ過ぎかもね」

秘書の女が心配そうに、私の顔を覗き込んだ。

「大丈夫、大丈夫。もうじゃんじゃんいこうよ。あ、秀ちゃん、ニューボトルね。このお嬢さんたちに、記念にサインしてもらおうよ」

社長が言い、私たちの前に新しいウイスキーの瓶とサインペンが置かれた。

祐子はさらさらと書く。

「あの憧れの秀樹に会えて幸せ！　ユウコ」

私もサインペンを手に持ったが言葉が浮かんでこない。何か書けばすべて嘘になるような気がした。

「今日この店に来ました。一九九九年九月二十二日」

とだけ書いた。そしてその数字に驚く。一九九九年だって。少女だったあの頃、一、九と続いた後は、ずうっと八という数字なのだと思ってはいなかっただろうか。ふと脈絡もなく、私はとても幸福な少女だったと思った。時はゆっくりと過ぎていき、私は家族の愛に包まれていた。それでも私は田舎に生まれたことが不満で、早く高校を卒業し、東京の大学へ進むのだとそのことばかり考えていた。親に口答えばかりし、姉によく喧嘩を吹っかけた。それでも母は、私が秀樹のコンサートに行く前の夜、きっちり四つ折にした五千円札をそっと渡してくれたのだ。

「あの、私も歌ってもいいかしら……」

自分でも意外だった。私はその時、もしかすると何か起こることを信じていたのかもしれない。歌うことによって、自分の力で、過去を再現しようとしたのだ。

「あの『めぐり逢うために』があるかしら」

「えー、随分と珍しい選択だね」

それでも秀樹は嬉しそうに言った。

「あれはあんまり売れなかったから、カラオケになってないんだよ。残念だけどさ」

「じゃ、ひとりで歌うわ」

私はマイクを持ち立ち上がった。社長がいいぞ、いいぞと声を上げ、他の皆も立ち上がった。

信じるかい　奇跡を
君と僕　この広い地球で
愛し合うために出逢った
君の唇
僕とキスするために
君のすべて
僕とめぐり逢うために

歌詞のひとつひとつ、メロディの細部まで私はしっかりと憶えていた。そして歌詞ばかりでなく、さまざまな記憶がどっと頭の中に流れ込んでくる。

「アナウンサーになりたい。静岡放送でもいいから」と中学校卒業のサイン帳に書いた私。夏休みに親子四人で、ディズニーランドへ出かけた。まだ若く髪もたっぷりとある父は、白いポロシャツを着ている。姉が私に、秘密を打ち明けるように言う。

「大学生になったら、バイトしてお金貯めてさ、絶対にアメリカのディズニーランドへ行くんだ」

車の中で私はウォークマンばかり聞いていて、母に叱られる。ちゃんと景色を見なさい。ウォークマンからは秀樹の歌が流れている。

君と僕　この広い地球で
愛し合うために出逢った
そうだ、あたり前過ぎるほどあたり前のことがやっとわかった。過ぎ去った日はもう二度と帰ってはこない。その喪失の悲しみとひき替えに、私たちは思い出を手に入れるのだ。私たちはもう元には戻れない。決して、決して……。

その事実に気づいたのは、最後のリフレインが終わった時で、私は同時に強烈な吐き気に襲われた。

「ちょっと失礼」

テーブル席の後ろにあるトイレに駆け込んだ。急に何杯も飲んだのがよくなかったのだ。五、六度激しく吐いた。見るとさっきの焼きうどんがよく消化されないまま、便器の水の上に浮かんでいた。

「ねぇ、大丈夫……」

振り向くと、祐子が洗面所のところまで来ていた。大丈夫、と尋ねながら顔は酔いのためにぼんやりとしている。

「平気、平気。吐いたらすっきりしたから」

「ふうーん」

トイレのドアを閉め、洗面所の鏡の前に立った。ハンカチで唇を拭う。鏡に映っているのは十三歳の私ではない。三十歳の誕生日を少し過ぎた、目の下にかすかに隈をつくっている女だ。

その時、洗面所のドアをノックする音がした。どうぞと声をかけると、秀樹だった。薬の箱を手にしている。

「悪酔いしたみたいだね。これから電車で帰るんだったら、これ飲んどいた方がいいよ」

「どうもすいません」

ドアの向こうから社長の演歌を歌う声が聞こえてきた。

「さっきありがとう」

「えっ」

「『めぐり逢うために』をちゃんと歌ってくれたの、早希ちゃんが初めてだよ。嬉しかったよ」

「そんな……」

私と彼は向かい合った。蛍光灯の下で、彼の顔は青白く、そして皮膚の毛穴が開いていた。私は思う。少女の心のありったけを燃やし、この男を愛した日がある。実物と会ったこともなく、口もきかなくても、あれは確かに愛だったんだ。けれど本物に会えた今、私は少女ではなく、あの心も消えていた。まるで寓話に出てくるような皮肉ではないか。けれどもこのまま別れるには、あまりにも淋しい。失った命に花束を捧げるように何かが必要だった。

私は顔を秀樹に近づけた。彼はわかっているよ、という風にそれに応えた。短かい、舌も入れないキスは、とてもとても淋しかった。

「まぁ、まぁ、楽しかった方よね」

店を出て、駅への道を歩きながら祐子が話しかける。

「あの社長、名刺をくれたわ。また来ることがあったら、必ず電話してくれって。だけどここ、やっぱり遠いわよねぇ。それに高いしさ」

えーと、と何やら計算し始める。

「こんな田舎の店で、ボトルも入れないのに、二人で二万円近くするのよ。あれじゃ流行らないわけよね。あなたの誕生日だから、おごってあげるつもりだったけど、やっぱりちょっと出してね」

「いいわよ」

私は答えた。

「早希がトイレ行ってる時に社長が言ってたけど、秀樹ってあのカウンターの女の子と結婚するらしいよ。もうお腹が大きいんだって。三度めの結婚で初めて父親になるんだってさ、まあ、よかったわよねえ。芸能界は落ち目になっても幸せならばさ」

私はさっきの歌を、もう一度口ずさもうと思った。けれども出だしのメロディも浮かんではこなかった。

花火

とても暑い日だったので、ユウジが身を離す時ぴちゃりとかすかな音がした。

湿気を帯びた肌と肌とを長いこと密着させていると、ねっとりとした一枚の皮になる。それを剝がそうとすると、皮膚は唾液のような糸をひく。ユウジの太股と自分の太股とが、舌をからめたキスの唇みたいになるのを、ミリは何度も見たことがある。

そしてその後で、ユウジはミリに背を向けコンドームをはずす。それは濃い青色をしている。なぜだかよくわからないけれど、ユウジはその色が好きだ。

「さわやかな感じがしていいじゃんか」

ということであるが、コンドームにさわやかとか暑苦しいということがあるんだろうか。けれども白い液が溜められた青いコンドームは、決して汚なくはない。ティッシュペーパーにくるまれる前のそれをミリはしみじみと眺めることがある。お前、趣味がよくないぞとユウジがたしなめる時があるけれども、やっぱりミリは見つめてしまう。青い色と白い色ってやっぱり合う。男の人の体から発せられて、本当ならミリの体に入れるべきだったもの、それはこんなに白く確かな粘度を持っている。ちゃんと自分の存在を主張し、東京都指定の半透明ポリ袋に入れられることに抗議しているみたいだ。

ミリは麻のピローに這いつくばって、ユウジの作業を見ている。こういうのを見られるのを男の人というのはとても嫌う。ユウジだって同じだ。舌うちしてもう一度言った。

「お前ってあんまり趣味がよくないぞ」

昨日の夜のパーティーのせいだ。附属の小学校から短大まで、ずうっと仲よくしていた五人の同級生たちと月に一度の飲み会を持っている。評判のイタリアンレストランで食事をした後、カナコのアパートへ行った。ミリたちはみんな東京育ちだから、こうしたひとり暮らしをしているコがとても珍しい。途中の安売りリカーショップでビールとワインを買い、寛いだパーティーになった。女の子たちだけでお酒を飲み始め、そこが密室だったら話は当然彼のことになる。長いつき合いだから、ミリは他の四人の仲間の生理の周期から、初体験の年齢まで知っている。中でいちばん早かったのは、中二の時に近くの男子高生とことを済ませたリエであろう。リエはダイエットで三キロ痩せ、この頃ますます綺麗になっている。画廊の受付をしている彼女は、お客の一人である中年男性と不倫の関係にあるのだ。その夜は当然のことながら彼女の告白と惚気がメインの話題となった。

「とにかくすっごいの」

リエは、何かを訴えるように肩をすくめた。

「指とか腰の使い方が、若い男の子とはまるっきり違うの。一回いっちゃっても勘弁してくれないの。意地悪して何度も何度もいかされちゃうの。最後はさ、頭が真白になって、腰なんかふにゃふにゃよ」

「あのさ、私もそうだけどさ、いっちゃう時ってヘンなこと口走ったりするじゃない。あいうのを聞かれちゃうのイヤよね」

カナコが口をはさむ。彼女もリエに次いで初体験を早く済ませた。親を騙してこのアパートを借りたのも、彼にお泊まりしていってもらいたいからだとカナコは打ち明けたばかりだ。

「そう、そう、ヘンなこと口走るだけならいいけどさ、私なんか時々白目をむいちゃう時があるんだって」

「嘘でしょう」

「本当よ。彼がそう言ったもん。私、その時のこと憶えてるわ。谷底にまっさかさまに落ちていくんだけど、その途中で紫とピンクの花火がぱんぱん上がっていったの」

「あっ、それそれ。私もさ、いく時ってさ、頭の裏側の方で、フラッシュがいくつも光っちゃうのよ」

あの話は本当だろうかとミリは思う。花火が上がって、それで白目をむいちゃうなんて、いったいどんな風になるのだろうか！

あの時も親友たちに言わなかったし、これからも言うつもりはないのであるが、ミリはそんな体験をしたことがない。これはミリの重大秘密といってもよいのであるが、エクスタシーという言葉を聞くたびにミリは空恐ろしくなる。それは自分がまだ正体をつかめていない、この上なく大きなものだからである。

もちろんミリは快楽ということを知っていた。ユウジの指が、ミリのやわらかく湿っている襞をかきまわす。時には中指でリズムを送ってくれる。すると体の奥からひたひたと近寄ってくるものがある。それはミリのへそからヘアの下あたりまでを、すごい早さでぐるぐるまわる。やがてどすんと音をたてるようにして、ミリの性器に一撃をくらわせる。あーっとミリは声をたてる。自分の体がどこかにさらわれていくような感じだ。そしてミリが声をたてたのを合図に、ユウジは中へ入ってくる。ミリはさらに声を上げる。ミリが声を上げている間、ミリの性器はまだ収縮運動を続けていて、ユウジのペニスをとらえようとする。

けれどもそれをエクスタシーと名づけることには異存があった。短かいひくつきが終わると、ミリの性器はすぐに冷ややかさを取り戻すのだ。ユウジのペニスが、規則正しく行ったり来たりするのを、ミリは頭のどこかで数え上げたりもする。それは、谷底に落ちていきながら花火を見る感覚とあまりにも遠いものであった。

　今夜のミリは、いつもよりも精神を集中させ、自分の襞の感覚をとぎ澄ませてユウジの性器を迎え入れようとした。満たされていく感じは確かにある。ピストン運動がもたらす、こすれ方も悪くはない。けれどもどれほど思いをこらしてみても、その先には何もなかった。しかし当然のことながらミリは声をたてる。それはユウジにすまないという思いよりも、自分を鼓舞するためでもあった。それに大きな声を上げれば、ヴァギナというものはきゅっと締まっていくものである。


「私はもしかしたら不感症というやつかもしれない」

　以前ミリはその考えにとりつかれ、かなり悩んだことがある。けれども女性誌のセックス悩み相談のページ（ミリはそうした記事を読むのがわりと好きだ）を読みあさった結果、次のことがわかった。

「女性の快感はクリトリスとヴァギナでとらえることが出来ます。が、まだ経験の浅い女性はクリトリスのみ感じることが多いのですが、いずれヴァギナでエクスタシーを得ることになります」

　自分は経験が浅い方なのだとミリは考えることにした。ユウジは三人めの恋人となる。

二十三歳の女が、三人の男性しか知らないというのはちょっと少ないような気もするが仕方ない。ミリはひとりの男の人を好きになると長く続ける性質《たち》で、同期入社で知り合ってからというもの、ユウジとはもう四年ごしの仲になるのだ。彼とはもう何百回もセックスをした。ミリは自宅に住んでいるので、そういうことをするのは専らユウジのアパートだ。ミリは彼のチェストの何段めに洗たくしたシーツが入っているかも知っていたし、あの青色のコンドームがCDラックのどのあたりにしまわれているかもわかっている。

それどころか、彼の内股に黒子が二つ並んでいることも、彼のペニスの皺の模様までミリは知っている。果てる前にユウジの腰の動きが急に変わること、そして、おおと本当にせつなそうな声を上げることもミリは知っている。

ユウジのことなら何でもわかっているつもりだし、何でも許してきた。それなのに、どうしてミリは花火を見ることが出来ないのだろうか。もしかすると、自分は一生、友人たちが言うそのエクスタシーを知ることが出来ないのではないだろうかと、ミリは大きな不安にとらわれるのだ。ほとんどの女たちが知っているその偉大な秘密を得ることが出来ないなんて、自分はなんて不幸なんだろうかとミリは思う。

そんなミリの傍で、ユウジは軽い寝息をたて始めた。アルコールが入っていたりすると、セックスの後でユウジは二、三十分寝入ってしまう。いつもだったら裸の胸をぴったりユウジの背に合わせ、ミリもうとうとまどろむのであったが、今夜はそんなことはしない。ピローケースに這いつくばったままミリは爪を噛む。

私も早く花火を見たい。想像するのではなく、本当に瞼の裏で炸裂するという花火を見たい。そのためには自分はどんなことでもしよう。たとえユウジを裏切るようなことがあってもだ。

「だって――」

ミリは口には出さずこんな言いわけをした。

その方がユウジのためにもなるんだから。

ミリはリエに相談することにした。ミリのまわりで、大人の男の人を何人も知っているといったら、リエの他にはいない。しかも金持ちで身元も確かな男ばかりだ。ミリが普段接している大人の男というのは、会社の上司といった連中だ。あの中につき合う対象などひとりもいない。そこへいくと画廊に勤めるリエは交際範囲が広い。リエの話によると、バブルがはじけた後、おかしな成金たちは姿を消して、ちゃんとした人だけが残ったという。

ユウジには絶対に言わないと約束させてから、ミリはこんな風に言った。

「私たちの年だと、いろんなところへ連れていってくれたり、セックスを教えてくれるおじさまが欲しいじゃないの。もうちょっと年をとるとあんまり馬鹿なことは出来ないから、今のうちにそういうお遊びをしておこうと思って」

「そりゃそうよね」

リエは大きく頷いた。

「私ね、あんたがユウジ君に尽くし過ぎるなあって前から思ってたの。純愛なんて年とってからいくらでも出来るもんね。それに二十五過ぎると、おじさまたちもあんまり喜ばないもんよ」

そしてリエは、自分のリストの中からこれぞという人を紹介しようと言ってくれた。

「でもやっぱり、一回でも私と寝た人じゃ嫌でしょ」

それはちょっと……とミリは答えた。そんな不潔でふしだらなことは出来ない。

「それならばカワグチさんはどうかな。あの人、前から君の友だちに会わせてよって、ずっと言ってたから」

カワグチというのは、神奈川の中小企業のオーナーだという。オーナーといっても創業者ではなく二代目だから、ちゃんと教養や品も身につけている。今年三十九歳になるけれども、この年齢は四十を前にしていちばん浮気をしたがる年齢だと、リエは年増女のような口調になった。

「ホステスさんとかと適当に遊んでたこともあったみたいだけど、あの年代の男の人ってまだジジイじゃないものね。恋愛っぽくちゃんとした普通の女の子とつき合ってみたいっていうのが願望なのよ」

とりあえず三人で食事をしようということになった。白金にある和食の店だ。そう堅苦しくない懐石の店で、冷酒が青竹の筒に入って運ばれてくるのが珍しかった。それをカワグチは上手に勧めてくれたものだ。彼は年よりもずっと若く見え、ちょっと東南アジア系の濃さが嫌でなかったら、まあまあ美男子の部類に入るだろう。ストライプのシャツや、エルメスのネクタイがいかにも遊び慣れているという感じであるが、これはミリの目的にかなっている。食事の後は、三人でカラオケボックスに行った。ワイシャツをたくし上げ、彼は二年前の流行りものを歌ったが、それもなかなかいい風情だ。少なくとも無理して最新のヒット曲を歌うよりもずっといい。この時ソファで寛ぐようなふりをして、カワグチはさりげなくミリの腰に手を伸ばしてきた。そしてそれがすべての了解ということになった。

二回めの食事は二人だけでしたが、デザートに入る前に早くもカワグチは口説いてきた。

「このあいだはリエちゃんから、お友だちとご飯食べようって誘われてさ、わけもわからず行ったけど大正解だってすぐに思ったよ。ミリちゃんってもろ僕のタイプなんだもんな」

喋っている口調は若者めいているのであるが、声は低く落ち着いていていてやはり中年のものだ。この声がベッドの中でどう変化するのだろうか。ミリは目の前の男と寝てもいいかなあと考える。

カワグチは、専用の黒塗りハイヤーで来ていたが、それを帰してタクシーに乗り換えた。はっきりとした意思表示である。そして連れていってくれたところは、赤坂にあるシティホテルだ。ミリはここは初めてではない。ユウジの前の恋人は二十代後半で、しかも日本一給料が高い銀行に勤めるサラリーマンであったから、何度かは無理してちゃんとしたホテルへ連れてきてくれたものである。けれどもこんな年の離れた男と、ホテルを歩くというのはどうにも気まずいものだ。まだ夜の九時過ぎだったから、エレベーターの中に何人かの人々が乗り合わせてきた。初老の夫婦、アタッシュケースを抱えたビジネスマン、彼らが自分たちを見ているような気がして仕方ない。真夏の土曜日だったから、ミリはいつもの通勤用の格好ではなく、刺繍のたっぷり入ったシュミーズドレスに、ニットのカーディガンを羽織っている。胸が鎖骨のあたりまでむき出しになっているが、それはこのエレベーターという箱の中でとてもいけないことのように思われた。

カワグチが小部屋のドアを閉め二人っきりになった時、ミリはそのことを尋ねようとした。

「ねえ、私って——」

けれどもミリの唇はあっという間に塞がれている。想像していたとおり、カワグチのキスはとてもうまかった。舌をゆっくりとゆらし、ミリの舌を誘い出す。従ってミリも自分の舌を充分に活動させなくてはならなくなった。二人の舌はからみ合う。中年のカワグチの舌は、ユウジのそれと比べものにならないほど硬く重量感があった。

「さあ、シャワーを浴びようよ」

ミリは今まで初めての男の人とそんなことをしたことはない。一緒にシャワーを浴びたりお風呂に入るのは、セックスをしてから三回めか四回めと決めていた。それなのにカワグチは初めての夜だというのに、一緒にシャワーを浴びて当然といわんばかりだ。

「あの……私、後にする」

「ふふっ、恥ずかしがって可愛いね」

カワグチは、いきなりミリの右の乳房をわし摑みにした。

「こんなに素敵な体をしてるんだから、僕にちゃんと見せてよ」

そうささやきながら、左手はミリの背中のファスナーにかかっている。

ミリが自分で脱ぐからと言ったのは、そのきゃしゃなドレスのことを心配したからではない。四十分前にレストランでカワグチに口説かれ始めてから、自分が濡れていることを自覚しているからである。素足にサンダルをはいているからいいようなものの、ストッキングだったら大変なことになっていただろう。そのくらいミリは潤っているのである。ミリが濡れやすいというのは、よく恋人同士の冗談の種になり、ユウジもそのことをからかったり嬉しがったりする。が、カワグチがそのことを喜ぶかどうかはわからない。

彼がバスルームに入ったのを見届けてから、ミリはドレスを脱ぎ、ブラジャーをはずした。ショーツを脱ぐ。思っていたとおり、ぐっしょり濡れていた。それどころではない。玉子の白味のようなもので盛り上がっている。ひどく興奮した時、ミリの体からどくどくと流れるものだ。こんなものを見たらさぞかし遊んでいる女の子だと思われたのではなかろうか。

髪をくるっとアップにした。シャワーキャップはつけない。とても間が抜けて見えるから、あんな小道具は男の人と入浴する時に使えるはずはなかった。湯気の中に入っていく。カワグチは待っていたよとミリを抱きしめた。ジムに通っているというだけあって、ぜい肉のない締まった体だ。お腹も出ていない。だからすんなりと二人の体は密着した。カワグチの体からは石鹸のかおりがまるで漂ってこない。ぬるりとした感触もない。そう、不倫をしている友人から聞いたことがある。家庭持ちの男というのは、シャワーを浴びる時に絶対に石鹸を使わないのだそうだ。ミリは自分の経験した三人の男の体から、きつくにおった石鹼のかおりを、懐かしく思い出す。

が、それもほんの一瞬のことだ。自分は使わないくせに、カワグチは液体ソープを掌に置き、それでミリの体を撫でまわした。乳房の上で上手に円を描く。ミリの乳首はあっというまに立ってしまった。全く気恥ずかしいほどの早さだ。湯にあたっているために、ミリの乳首はいつもよりも紅が深く見える。乳房はまあまあの大きさであるが、ミリの乳首はとても小さく、もうちょっとあればエロティックに見えるのにと思ったこともある。しかしカワグチは指でつまみながら、ミリの乳首の色と形を絶賛した。

「なんて可愛いんだ。食べちゃいたくなるよ」

彼は本当にそのとおりにした。歯で軽く嚙み始めたのである。その合い間にきつく吸う。嚙む、吸うというコンビネーションのうまさは、やはり二十代の男の子たちには出来ないものであった。そしてするりと左の手の指が、ミリの少し開いた両足の間に入ってきた。シャワーの滴で流されていると思っていたのに、ミリの襞の奥にはぬるぬると玉子の白味がたまっていた。しかもさっきよりもずっと量が多い。そのことは男の指の動きでわかる。男の指と襞の間には、液体のために膜一枚隔てられているような感じがある。が、どうしようもないほど気持ちよい。

「可愛いね……、こんなに濡れちゃって……。本当にいいね」

その声がひき金になった。

「もう、ダメ！」

立ったまま、あまりにもあっけなくミリは達してしまった。下半身がぐらりと揺れ、しゃがみ込もうとするのをカワグチの腕が支えた。

「ダメだよオ、このくらいでいっちゃ……。僕の出番がなくなるじゃないか……。楽しいことはこれからだよ」

ふわりと体が宙に浮いた。ミリを抱きかかえてバスルームを出ながら、カワグチはすばやくバスタオルをひっ摑んだ。それを使い、ベッドの上でミリの体を丁寧に拭いてくれた。

「若いから、本当にすぐいっちゃうんだね」

濡れた髪をいとおしげにかきあげながら、カワグチはささやく。

「ごめんね、ちょっと乱暴だったかな……」

そんなことはないとミリはかぶりを振る。

結構やさしい男だと思う。何よりもセックスがうまそうなのがいい。さっきよりももっと時間をかけたキスをカワグチは仕掛けてくる。もしかすると今夜、ミリは今まで知らなかった大きなものを得られそうなのだ。

カワグチの唇は、ミリの唇から首すじに移動し、そして乳房へと進んでいった。ここはたんねんに時間をかける。ちゃんとした大人だからキスマークをつけたりはしないだろうなとミリは思う。ユウジにもし見つかったら大変なことになる。彼の顔が目の前に浮かぶ。もちろん悪いことをしていると思うが仕方ない。この冒険は、ミリにとってやはり必要なことなのだから。

その時、いきなり足を大きく拡げられた。その角度があまりにも大きかったのと、動作が唐突だったので、ミリは小さく悲鳴を上げた。もっと君の体をよく見たいからといって、カワグチは照明をそう落としてはいない。

だからこんなポーズをとらされると、ミリの体はずっと奥の方まで光が届いてしまう。ミリは足をひねって、光と男の視線の侵出を少しでも防ごうとした。

「ダメ！　ダメ」

ミリの内股に男の強い力が加わる。そしてカワグチは、自分の目に入ったもののいくつかの感想をささやいた。

「イヤ、そんなこと言っちゃ」

ミリは両の手で顔を覆う。恥ずかしさのあまり気が遠くなりそうだ。

「だって本当に素敵なんだもの。こんなに素敵な──」

四文字をカワグチはミリの耳に吹き込む。

「こんなに素敵な──を今まで見たことないよ。だからやっぱりここも食べちゃう」

小さな風が起こり、男がベッドの中で身をかがめたのがわかる。温かくざらついたものが触れた。それはキスの時と同じように執拗だ。カワグチはミリの襞を舌で撫で上げ、そしてかきまわし始めた。まるでキスの最中ミリの舌を探そうとしているかのようだ。が、そこにミリの舌などあるはずはない。ミリの唇からとても遠い場所なのに、カワグチの舌はぴちゃぴちゃとミリの舌を求めて動く。そしてついに見つけあてた。それはミリの舌ではない。とても小さい突起物である。これだけ大きくミリの足を押し開き、顔を近づけているカワグチに、この突起物の位置がわからないはずはない。それなのに彼はわざと見つからないふりをして、あちこちを舌でいたぶっていたのである。

ぺちゃぺちゃとことさら大きな音をたてて、カワグチはミリのその先端の部分を吸う。ミリの体の中でうねりが起こった。それはさっきのシャワールームでの時と比べものにならないほど大きくて深いものであった。ミリは再び悲鳴を上げる。自分の体が自分のものにならないことを快感と名づけるならば、まさしくこれはそうだろう。ミリの体の中を垂直に生き物が走り、そして飛び跳ねる。

けれどもその生き物はすぐにおとなしくなる。カワグチがミリの中に入ってきたからだ。今度はカワグチが生き物に支配される番だ。たった今まで余裕を持ち、若い女の体をいじっていた男が、低いうなり声を上げるのをミリはきちんと聞いていた。

やっぱり今日も花火は上がらなかった。

器具を使いたいと言い始めたのはミリの方であった。何回かシティホテルで会った後、最近のカワグチは自分の車で郊外のラブホテルへ行くことが多くなった。この方が気も遣わずにゆっくりと楽しめるというのだ。

「ほら、都心のホテルだといつ誰に会うかわからないからさあ」

そんな言葉を聞くと、ミリはちょっとびっくりする。自分たちが不倫の関係だなどとはほとんど思っていないからだ。カワグチのことを次第に好きになってはいるが、それは愛情というものとはまるで違う。楽しいことや面白いことをたくさん教えてくれるいい人、という表現がいちばんあたっている。だから馴れてくるに従い、ミリはさまざまなことを要求するようになった。

二人でラブホテルへ行き、ビデオを見ていた時のことだ。画面の中ではミリと同じぐらいの若い女の子が、バイブレーターを中に入れられ、少々芝居くさい歓喜の声を上げている。

「これって気持ちいいの？」

ミリは尋ねた。

「やってみたい？」

カワグチの目が光る。こういう時彼の好色さはとてもあらわになり、それを見るのは楽しい。ちゃんとした大人が、自分のためにこんなに卑しい顔になるのだ。

「あのさ、ミリちゃんみたいな若いコが使うとさ、ちょっとおかしくなっちゃうよ。それでもいいいわけ」

こう言うからには、カワグチは何度もバイブレーターを使った経験があるのだろう。

「私、構わない」

ミリの頭の中に、まだ見たことのない花火が近づく。クリトリスによる快感は、あれほど何度もやってくるというのに、ヴァギナによるそれをまだミリは得ていない。本によるとヴァギナの快感は、クリトリスのそれとは比較にならないものだという。それを知るために、ミリはどんな罪深いことも恥ずかしいこともしてもいい。

「じゃ、今フロントに電話して持ってきてもらおうか」

カワグチはいそいそという表現がぴったりの様子で、ベッドの傍の電話に手を伸ばした。いつの間にかホテル備えつけのカタログを手にしている。

「じゃあさ、〝チェリーピンクの秘密〟を持ってきてよ。よろしくね」

秘密という言葉に、ミリの子宮は素早く反応する。もしかすると本当に今日、自分はエクスタシーというものの秘密を得ることが出来るかもしれないのだ。人間のペニスでは得られなかったものが、ビデオで見たあのいやらしい形と色をしたものから与えられるのかもしれなかった。

やがてそれはホテルの従業員の手で部屋に届けられた。ビニールの袋をカワグチはびりりと破いた。中からサンゴによく似たものが現れた。先端の形が人間の男のペニスにそっくりなことにミリは驚き、ちょっと怖くなる。

「これを入れるとどうなるの……」

「こわい？」

カワグチがミリの肩を後ろから抱く。

「大丈夫だよ。僕がうんと気持ちよくしてあげるからね」

途中まではいつものセックスの手順であった。そして突然、目を閉じていたミリの頬に触れるものがある。カワグチが〝チェリーピンクの秘密〟を頬に押しつけてきたのだ。それは硬いようなやわらかいような不思議な感触であった。

「これから、これ使うからね」

カワグチがややかすれた声で言う。それがとても老けて聞こえた。〝チェリーピンクの秘密〟は小さな機械音を上げながら、ミリの胸から腹へと往復運動を始めた。くすぐったいとミリは身をよじる。

「じっとしてなきゃダメだよ。じっとしてなきゃ気持ちよくならないよ」

カワグチはミリを叱りながら、さらにそれを移動させる。腹の時の何分の一かの距離の往復運動が、ミリのいちばん敏感な部分で行なわれた。そして、〝チェリーピンクの秘密〟

は機械音をたてながら、ミリの襞をかき分けながらゆっくりと入ってきた。軽い恐怖のために、ミリはきゅっと襞を縮める。

けれどもセックスにおいて、恐怖は期待と同じことだ。縮めることは、それを迎え入れるための準備だということをミリは既に知っている。

〝チェリーピンクの秘密〟は、ミリの内部に入るとさらに硬くなった。嫌らしい電動音は、まだ続いている。南の島の小虫が飛ぶ音に似ている。そして、〝チェリーピンクの秘密〟も小さな生き物のようにミリの内部で動いていく。その生き物のまわりを、ミリからの樹液が包んでいく。

「どう、すっごく気持ちいいだろ……」

耳元でカワグチが乾いた声で言う。ミリはその時、ふと自分が受け入れ、自分の内へと導いた四本のペニスのことを思い出した。以前の二人の恋人とユウジ、そしてカワグチ、もしかするとこの〝チェリーピンクの秘密〟で五本目ということになるんだろうか。

そんなのイヤッと小さな嫌悪が走り、ミリは自分の襞の力で〝チェリーピンクの秘密〟を押し出そうとした。そのとたん、ミリは深く息を吸い込む。〝チェリーピンクの秘密〟がある場所にあたったのだ。しかもその上で小刻みに震え出す。そこはユウジもカワグチも、そしてミリさえも知らない場所であった。ミリは身をよじる。あっと叫ぶ。その秘密の小さな地点に、あまりにも大きなものがいちどきに押し寄せてきたからである。

ミリの襞という襞はすべてひくつき、うぶ毛といううぶ毛はざわざわと立った。さまざまな場面がフラッシュバックしていく。ミリの体の上で達する時のユウジ、粘っこいキスをするユウジ、その光景がミリの瞼の裏から脳に達するあたりで炸裂していく。これがもしかすると花火というものかもしれない。

気がつくとミリはユウジの名を叫んでいた。何度も何度もだ。そしてその後少し気を失った。

こうしてミリは初めて本物のエクスタシーを体験したのであるが、それは〝チェリーピンクの秘密〟ではなく、ユウジによってもたらされたものだと彼女は今でも信じている。なぜならあの時の花火はみんなユウジを映していたからだ。

ミリとユウジは、今とてもうまくいっている。変わったことといえば、あれ以来バイブレーターを使っていることかもしれない。

たまにはホテルへ行きたいと言ったのはミリの方であるが、バイブレーターを使うことを提案したのはユウジの方である。彼の目のつくところにパンフレットを置いたくせに、その時ミリはとても驚いたふりをした。

ユウジが選んだのは、青い色のバイブレーターで、それはいつのまにか名前をつけられ、二人の飼うペットのようだ。最初にバイブを使って一度達し、その後ユウジに入ってきてもらうというやり方をミリは考案した。これはとてもうまくいく。このあいだは初めてアナルの方に挿入してもらったが、これもわりと感じた。

アナルといえば、こちらを試したがったのはカワグチの方が先だ。けれどもミリはきっぱりと断わった。もうカワグチに会わなくてもいいとミリは考えている。なぜならもう目的は達せられたからだ。

この頃花火はいつも上がる。ユウジはミリの体や反応のよさを本気で誉めそやすようになった。

「だって私、ちゃんと努力したもの」

そんな時、ミリは小さくつぶやくのである。

初出一覧

果実――「小説すばる」一九九五年一〇月号
シミュレーション・ゲーム――「小説すばる」一九九六年八月号
赤ずきんちゃん――「小説すばる」一九九七年四月号
死ぬほど好き――「小説すばる」一九九八年一月号
ラマダーンの生贄――「小説すばる」一九九八年六月号
お元気ですか――「小説すばる」一九九九年八月号
憶えていた歌――「小説すばる」一九九九年一〇月号
花火――「ａｎ・ａｎ」一九九七年六月二〇日号

死《し》ぬほど好《す》き

二〇〇〇年三月三〇日　第一刷発行

著　者　林《はやし》真理子《まりこ》

発行者　小島民雄

発行所　株式会社　集英社

東京都千代田区一ツ橋二―五―一〇
〒一〇一―八〇五〇

電話　編集部（〇三）三二三〇―六一〇〇
販売部（〇三）三二三〇―六三九三
制作部（〇三）三二三〇―六〇八〇

印刷所　凸版印刷株式会社
製本所　加藤製本株式会社

定価はカバーに表示してあります。

ISBN4-08-774462-0 C0093